JN134883

愛犬と16年

——「太陽君」の導きが私に書かせた

八千代運輸有限会社
会長　吉本　二《に》郎《ろう》

著者・吉本二郎

妻・都美江（クルージング船内）

左から松田英世、堀口利治、絵垣隆弘の友人各氏

清水屋の女将・清水洋子さんとチーママ・清水敏子さん

金婚式でお礼を述べる
吉本二郎夫妻

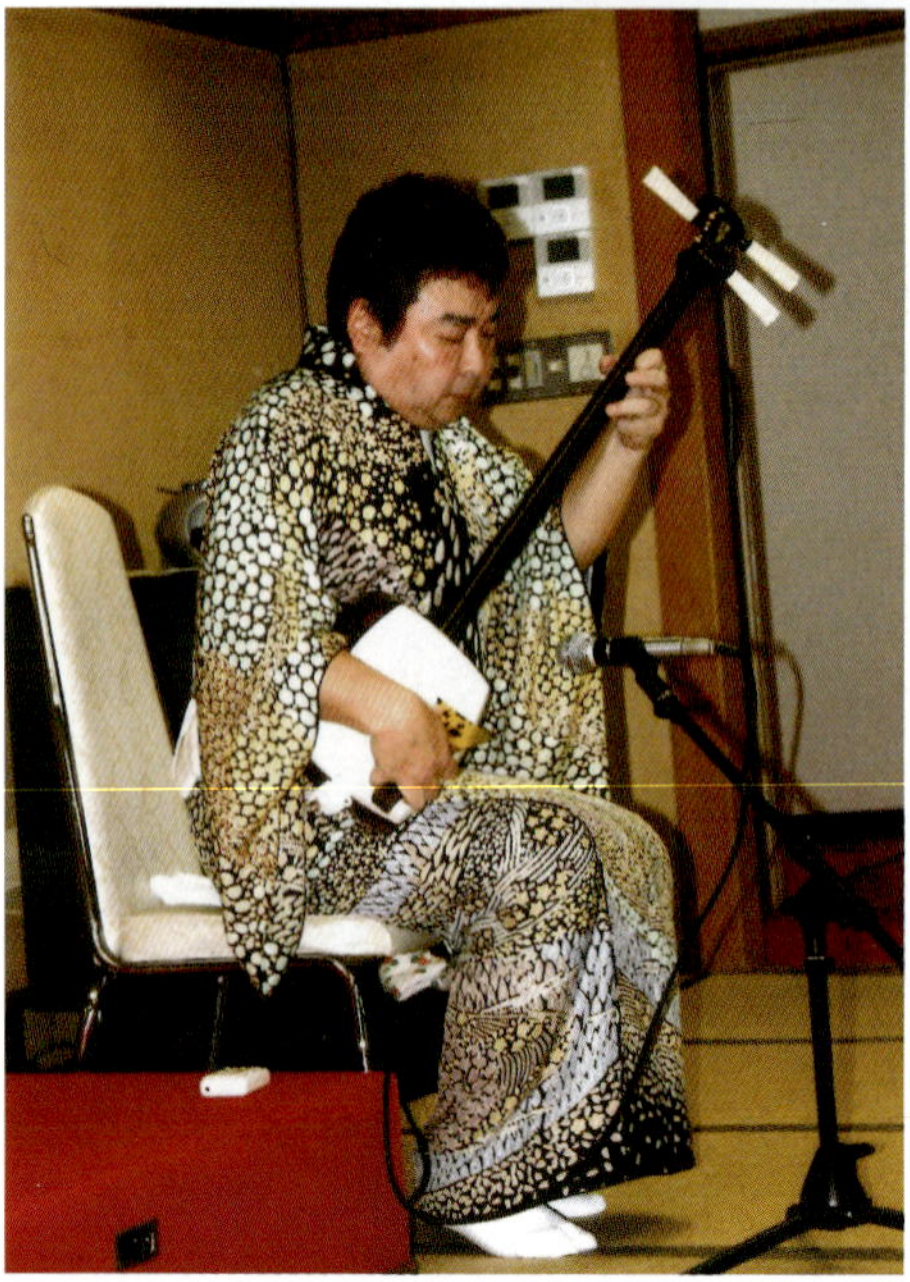

津軽三味線の第一人者
工藤武師匠

足立区立西新井小学校の生徒たちの前で挨拶する PTA 吉本二郎副会長

卓球クラブ・メイキュウのメンバーたち（山中湖で）

〈目次〉

はじめに

私たちは何頭の犬たちを飼ってきたのかわからない。8頭目が「エイト」というくらいだから。あとは秋田犬のサンタ、とら、クイック、柴犬のちび、そしてモモちゃん。

モモちゃんは17年間も一緒に生活した仔でした。最後はドブに落ちても死にきれず、30分ぐらい鳴きやまなかった声を頼りに見つけることができ、お風呂で何度となく洗ってあげたものです。

そんな怖い思いをしたのに、一ヵ月ほど過ぎたある日、また出ていきました。いつものことと思っていたのですが、帰ってこない。数日間、モモちゃんを探してみたのですが……。きっとどこかで天国へ召されたのでしょう。

「もう犬は飼わない！」と思っていたのですが、家族で最後に柴犬を飼うことにしたのが「太陽君」です。今まで10頭余りの犬たちはなぜか急死、交通事故と、数日間で命を落とした犬たちでした。

「太陽君」は16年間も、私たちや子どもたち、周りの方々にも楽しみを与えてくれました。最期には私たち夫婦に介護までさせてくれました。二ヵ月余りでしたが、太陽君には文字通り家族としての介護でした。妻と共に、24時間体制で太陽の介護にあたることができて、私たちと太陽との長い年月に、悔いなくお別れすることができたのだと思っています。

私が自叙伝を書くに至ったのは太陽の介護を懸命にするなかで、犬の一生と、人

いたずら盛り、生後３カ月の太陽君

としての一生とが重なり、何度も脳裏をめぐり、凡人の自分の半生をも振り返ってみるチャンスに導いてくれたのです。

「太陽君」は、正に私たちの〝心の太陽〟です。感謝を添えて！

幼少期に母が他界

私が生まれて間もなく、三毛猫《みけねこ》が来て、名前を「タマ」としました。家で2本の牛乳をとってもらい、タマと一緒に育ちました。

牛乳は朝に1本、午後から1本と分けて飲み、私の方が少し多かったかな？

私が5歳になったころは、現在のような幼稚園がなく、お寺のご住職が子どもたちと遊びながら、いろいろと教えて下さることを楽しみに1年近く通いました。

母が昭和20年（1945年）3月8日に亡くなり、多くの学友が来てくれたのでおうはしゃぎ。母が亡くなったことより嬉しさが先で、楽しかったのは私だけだったのでしょう。

昨日は多くの人・人・人だったのに、誰もいない。

私の好きな白い長靴を履き、朝から夜まで母のエプロンをつかみ、一日中一緒にいた母がいない。急に寂しさがこみ上げてきました。

私の家は精米所で大変大きな家というか、工場というか、入口を出ると、右に7《メートル》で川に出る。川に沿って左に35《メートル》行くと右に橋があり、左には大きな槙《まき》の木がある。幹回りは1.8《メートル》ほど在ったかと思います。槙の木の後ろには井戸、一年中温度の変わらない冷たい井戸水でしたよ。

学校に行くようになり、毎日、毎日、学校からの帰りを猫のタマが待っているのが不思議でした。帰る時間が分かるのかな？　タマは槙の木に前足を高く伸ばし、爪を研ぐしぐさをしながら、橋の向こうを今か、今かと、チラチラ見ながら待っているではありませんか！　そのしぐさは何とも言えないものでした。

私は昭和13年（1938年）3月23日、奈良県生まれ。家族は父と兄、姉たちが7人というなかで、私は末っ子に生まれ育ちました。

家の前は初瀬川《はせがわ》で魚がたくさんいました。初夏には鮎の放流などで、多くの釣り人で賑《にぎ》わいます。

母が亡くなったある日、父が「二郎《にろう》はなぜ釜戸に多く薪を入れるのか？　焦げてしまうぞ」言われたので、食事の時は通常、父、兄の次の3番目に私のご飯をつぐのですが、「一番後でいい」と言いました。何故かというと、昔は、米と麦を一緒に炊くものですから、米は底に、麦は上の方に炊きあがる。出来上がったご飯を姉が混ぜますが、底までは混ぜきれません。

底には白い米が黄金色に焦げているではあーりませんか。もっとも、母には見破られていたため、毎日はダメでしたけど。父は「みんな同じように、公平にしなさい」と言いながら、何か笑いを浮かべているような気がしていました。私の作戦はわずか半年で終わりました。母が亡くなって、父も私のことを気にするようになったようです。

昭和20年（1945年）8月、第二次世界大戦の戦況が悪化してB29という物凄《ものすご》く大きな爆撃機が、日本の空高く20～30機が編隊を組み、豪爆音を立てて飛んできたので、家を飛び出して見に行きました。

家の中から姉たちが大声で「危ないから家に入りなさい」と言われて入った途端、戦闘機のような飛行機がダダ、ダダっと機関銃でわが家に打ち込んできたのです。あっという間の出来事でしたよ。その時は、何も怖くありませんでした。

子どもなりに、「アメリカ人は、京都や奈良にはお寺が多くあり、爆弾は落とさない」との話は聞いていました。初瀬にも長谷寺という立派なお寺があるので、爆弾こそ落とさずに行きました。まさか機関銃で打つとは思いもよらず、本当に、すごく怖かったです。

その後、広島や長崎に想像もできない原子爆弾の投下があり、昭和20年（1945

年）８月15日、天皇陛下の降伏宣言によって終戦をむかえました。

小学校３、４年生ごろです。ビー玉やメンコが流行《はや》り、強かった僕は、４年生になったころにはもう負ける気がしない。友だちが「お前とはやらない」と言い出したのです。当時、10枚綴《つづ》りのメンコを10円でみんな買ってくる。そこで「僕と遊ぶなら、１００枚10円で売ってあげる」と言って、生まれて初めて10円のお金を父以外から受け取り、それはそれは大切にしました。

僕は魚釣りも好きでした。
１、２時間でハヤやヤマベを30尾ぐらい釣り、姉が魚を焼いたり、ジャガイモ、玉ネギなどと一緒に煮てくれました。
６年生の夏休み、私は鮎釣りをしていた時です。釣り人たちもたくさん来ていました。

あるおじさんから「坊主《ぼうず》、元気のいい〝友《とも》〟はいないか」と声かけられました。「良い〝友〟がいる」と言って〝友〟を糸に取り付け、「一度スポットに入れたら竿をあまり引っ張らないで、なるべく泳がすようにしてください。〝友〟も長く使えます」と、竿を渡しました。

間もなくおじさんは鮎を釣り上げ、大喜び。「坊主」から「お兄ちゃん」になり、「良い〝友〟をありがとう」と500円もくれました。見る限り、腰まである〝ゴム長〟を履き、カッコいいシャツと帽子姿で、絵になるというか、様になっている伯父様でした。

この夏休み中、10数人の人たちに〝友〟を頼まれました。その度《たび》に次のように話してきました。

①元気の良い〝友〟は第一スポットに＝われ先にと急流にも上《のぼ》れる鮎を使う

②急流にそぐわない〝友〟は第二スポット＝穏やかな流れに沿った所に入れてやると、結構釣れる

何か私にとっては、夢のような楽しい夏休みになった気がしました。

思い出の青春時代

楽しい時間はどうしてこんなに早く過ぎて往《い》くのだろうか？

母が亡くなって、男親一人で9人の子どもたちを育てるために仕事に追われ、末っ子の私にまでには目が届かない。もっぱら5人の姉たちが代わるがわる私に「勉強しろ」「勉強」と、口酸っぱくなる程で正《まさ》に〝耳に胼胝《たこ》が〟でした。

勉強を嫌がるのは「直ぐに答えが出ない」から。やれ「釣りに行ってくれば」とか「お買い物にいって」とか言われると、一つ返事で行きます。何故《なぜ》か。「お駄賃」がもらえるじゃないですか。自分勝手な理屈かもしれませんが、「勉強」という言葉なしでも「物事は教えられる」ような気が致します。

中学生になり、勉強したことのない私（勿論《もちろん》誉められたことではない）は、何もしなくても数学だけは好きでした。学校のクラブは卓球部に入ったのですが4人。顧問の先生もピンポンより少しできる程度。一年で廃部でした。

さて勉強といえば、同級の藤田、中山、吉田君たちの家に行き、いろんな話をして楽しんだ程度です。特に吉田君とは、将来いろんなものに番号とか、記号が付き、それが大変大きな企業に成るような気がしてならなかった。

初めての勉強は、学年トップの方たちが私の家に集まり、藤田、中山、河合と私の四人で徹夜の勉強をしました。夜中の1時ごろ、縁側に出たら、……外気温は11度でした。

＊　＊　＊　＊

昭和20年、終戦を迎えて大変な時期だったのに、私の方は幸せだった。が、私が中学校卒業間近に兄の経営する会社が倒産しました。家、工場、竹藪《たけやぶ》から畑二反、すべてが無くなりました。

それでも、兄は悪いと思ったのか、「学費は何とか出すから、高校だけは行きなさい」と言ってくれました。初瀬《はせ》中学から30名くらいが行った桜井高校に挑戦しました。桜井がだめなら、他校は受けないと決めていましたが、入学が決まって行くことに……。幸いにして家を購入した方が「この家から通学しても良い」と言ってくださいました。早速バイトをと、初瀬から桜井市の郵便局までの新聞配達を3年間することにしました。

高校1年の6月ごろから夏休みを挟み、初瀬から桜井駅までの定期券を買わずに通学していたのですが、二学期が始まり〝捕まり〟ました。私は「二度と致しません」と約束し、駅員さんは私の顔を見て「許してあげるから〝二度と致しません〟を必ず守りなさい」。

早速、定期券を買って改札口を通ったのですが、昨日の駅員さんはいません。次の日には、ニコニコしながらいたので定期を見せ、お辞儀をして通りました。本当に素敵なお兄さんでした。

高校生になって3人の友だちができました。その友だちの家には何回となく遊びに行ったのですが、私の方には家が無くなり、少し寂しさがあったものです。

堀口君の家は農家で、松田君の家はお兄さんが一級建築士。大変忙しそうで兄弟も多く、確か私と同じく9人だったと思う。桧垣君のお父さんには、手相を見て頂きました。

「頑固で真面目である。20～40歳ごろまでは〝波乱万丈〟だが、老後は安泰」と書かれたメモを頂きました。

高校2年になって恋をした！　彼女は3年生で声楽部にいたので、自分も声楽部へ。合唱は女性がソプラノとアルト、男性はテノールとバスと4部に分かれ、一つ

前列　桧垣、堀口、松田の各友人
後列　著者、妻 都美江

手相には「波乱万丈だが老後は安泰」と

の曲を歌います。指導は松田年枝先生だったと思うが、奈良県では有名。楽会では一目《いちもく》置かれるほどの方でした。

その先生が「男性の人数が少ないので、吉本さんにも参加していただきますが、口パクでお願いします」と言われ、合唱コンクールに出場。結果はご創造通り……。

練習用の小部屋は5室で、20~30分の交代制。彼女とはわずかな時間でしかなかったのに、楽しいひと時でした。

夏休みに、赤目四十八滝でデートと思いきや、女性二人と私の三人になりましたが、楽しくハイキングができました。

桧垣君と私はコーラス部で、松田君と堀口君はラグビー部でしたが、このメンバーで高校の思い出をつくろうと、「華道部に入部したい」と申し出たところ、華道部の先生も〝男性の方の入部〟を歓迎されたご様子。お花の生け方を習い、天地人という風に教わる……。なんと、四人組の生け花が卒業アルバムに載《の》ったのです！楽しい青春時代のひとコマでした。

社会人となった第一歩

昭和31年（1956年）4月1日、近畿日本鉄道（近鉄）に入社。私の夢は近鉄電車の運転士です。自分の希望とやらをすぐに夢見るのですが、その運転士に一歩前進したとの思いで、一生懸命にガンバル気でした。3ヵ月経ったころ、車掌になるまでに3～4年かかることが分かり、運転士になるのには大変だと思い、年末で退社することにしました。

昭和32年（1957年）1月1日、近鉄上六のパチンコ店が午前10時開店ということで、9時50分に到着。開店と同時に少しでも多く出る台を見つける。約1ヵ月間パチンコを続けました。

良い台を見つけても出る時は2～3万円ちょっと。週に2回は勝つのですが、負ける日は4日もダメ。でも連日で5万円以上になったときは「博才がある」のかと思えた時もありました。一週間のトータルでは食事をして、「+－0《ぜろ》」が最高で、1ヵ月間では給料の2ヵ月分のマイナス。そんなもんです。1月末で終了と致しました。

昭和32年2月1日、㈱オントに入社。面接時、「全国地方に販売」とのことでしたが、その言い分とは異なり、7日間で退社。その後は職場を転々と……。

昭和32年2月10日、桜井市の山本酒店に入社。桜井市内近郊までの酒類卸業で、「ここで少しガンバロウ」と思ったのですがパッとせず、昭和33年（1958年）2月

20日、退社。

同年2月26日、運転免許証を取得。奈良試験場で600円でした。

同年3月1日、斑鳩市の菓子問屋に就職。車で、奈良県内の菓子店への配達・注文を取る。同年10月20日退職。

同年10月26日、桜井市の藤本光音社に入社。桜井市中央通りで㈱オント社から100m位の所でした。奈良県内の小・中学校を回り、オルガンやピアノ、ブラスバンド部への楽器販売と、カメラ、フィルムに至るまでのセールス。入社以来100日間、1日も休まず頑張り通しました。

入社6ヵ月後、順調に成績も上がり、榛原駅《はいばらえき》前に藤本光音社・榛原支店が出来上がり、支店長として勤務することになりました。

支店の隣が榛原信用金庫で、行員の一人にミス奈良が居りました。ある日曜日、信用金庫の人たちや近所のバイク店の人たちと一緒に、六甲山へのツーリングに行きました。

私はリコー750ccのバイクにミス奈良を乗せて洋々と向かったのですが、六甲山中手前で信号待ち。青になったのでスタートした途端、彼女はバイクから落ちてサングラスが壊れ、鼻まで怪我をしてしまいました。病院に行って直ぐ治療していただいたのですが、鼻に少し傷跡が残りました。

この事故が遭《あ》ってから、彼女と付き合うようになったのです。昭和34年（1959年）6月、初めて仕掛けた株で5万円余り儲かったので、彼女と大阪球場に野球を見に行きました。

彼女との親交が深まるにつれて彼女の親に挨拶に行き、母親と妹たちは賛成してくれました。が、彼女は国会議員の〝妾《めかけ》〟だったことが分かり、私は彼に会いに行きました。彼は「別れたくない」、彼女の方も未練がありそうで、「私には釣り合わない」と思い、別れることに至りました。

お盆も過ぎたある日、榛原から5キロ《キロ》ぐらい行った所の娘さんから、アピールがありました。親からも養子に来てもらえないか、「田・畑を全部任す」という話でした。

この娘さんは、80kg以上という立派な体格の方で、チャーミングで素敵な人だと思いました。

しかし当時、私の体重は48キロでした。とても良い話でしたが、「実は私、来年には東京に行くことになっている」と言い、誠に申し訳ないのですがお断り致しました。

何度か榛原支店に来たのですが、昭和35年（1960年）4月、藤本光音社を退職する運びとなりました。

昭和35年（1960年）4月～6月10日、もう少し藤本光音社でとも思っていたのですが、退職。個人経営で、テレビ画面に付けて画面が大きくなり、カラーにも見えるプラスチックボードの販売を始めたのですが、売れ行きがパットせず、いよいよ東京行きに……。どこへ行ってても同じかもしれないが、東京に出ることにしました。

関西からなぜ東京へ

昭和35年（1960年）6月16日、大阪駅出発→東京行き。

私自身として、過去いろいろな仕事を経験できたと思っています。何をしても努力して考え、今やる仕事をいかにすれば成功裏に乗り切ることができるか、進むことができるかを、身をもって行動に移してきました。この体験を活かして東京で頑張ってみよう！

ボストンバッグ2個と、全財産20万円を持って東京で仕事をする。たとえ関西弁でも、きっとできる――。いろいろ考える時間は、大阪―東京間の11時間50分。窓際に新聞紙を敷いて座り込むと不安感も走り、弱気になり、ダメだったら東京見物でもして大阪に帰ろう……などと脳裏を巡りました。

せっかく「東京に行く」と決めたからにはと行動開始。東京駅に着いたらタクシーに乗り、「すんまへん、東京で一番大きな職安（職業安定所）に行ってください」と話したら、飯田橋職安でした。

係りの方に、「道が分からないので、明日から仕事ができる所で職安に迎えに来てくれる商店はありませんか」と尋ねると、30分で黒塗りのハイヤーが迎えに来てくれました。着いた所は神田市場の缶詰屋さん。その日の午後6時に、歓迎会をしてくださいました。「朝早いので早くやすみなさい。朝2時に起きるのよ」と、女将さんに言われました。

翌日、午前2時起床。2個おにぎりを食べながら、事務所を出ると神田市場。多くのトラックのエンジン音が高く、あちこちに止まっています。社員の方と一緒にトラックに向かう。社員たちは、1ケース20キロの缶詰箱を5ケースずつ肩に担ぎ運び出します。

私の番が来て「3ケースにしてください」と言い、運び始めました。3回も運ぶと、次は4ケースになりました。意地というか、4つでも80キロ。大型車1台500ケースで、5人で20回往復します。1台終わると次の車と、毎日3〜4台入るとのこと。下ろし終わった品物は品番順に並べ、すぐ販売できるようにし、終わるのが午前6時ごろになります。神田市場は昼も夜も変わらず、活気に溢《あふ》れていました。

朝8時ごろになると、あちこちの事務所が開けられるので、東京の町を少し歩きました。やがてすぐ目に入ったのが「運転手募集」の張り紙でした。事務所に入ってすぐ面接をして頂きました。「昨日、東京に来たばかりで道がよく分かりません」と話し、「今日から住み込みでお願いします」。

江川運送有限会社でした。社員4人、社長を含む私の6人の会社への入社です。昭和35年（1960年）7月、初めての給料（6月17〜7月20日分）を頂き、大塚のバーに水戸君、神保君、先輩たちと3人で行きました。

バーのママに「今月の給料です。今夜はこれで飲ましてほしい」と封を切らない給料袋を渡したら、「今夜は貸切にしよう」と言って店を閉め、一晩中、飲み、歌う——楽しくさせてくれました。

会社に「月末ですが、一週間お休みをください」と言って大阪に帰り、身辺整理をして東京に戻り、江川運送で働くことにしました。

9月になり、「今日から3ヵ月、営業に出たい。1件も得意先が取れなければ給料はいらない」と話し、外回りを始めました。一ヵ月後、待望の得意先・栄商事㈱が2トン車1台月ぎめ（日曜日を除く毎日）の契約が取れました。

私は一週間自分で配達をして、その後、社員と交代することにいたしました。1日40軒近くの配達ということで、道が分からないとも言えず、「大体の略図をお願い致します」とお話しました。

面白い営業というか、日立製作所の下請け会社だったのですが、営業に行き事務所に入りました。帽子をかぶったままの挨拶で「私剥《は》げているのでこのままでいいですか」と話すと、担当の課長さんが「いい」と言ってくださいました。

いろいろと話をしていると、女性社員の方々が仕事もしないで、みんなで私の方を見ておりました。当時、私は22歳と7ヵ月。話が弾むにつれ、「スポットで良ければ、君に任す」と言われ、日立製作所の商品を各地に配送する依頼を頂きました。

その後、魔法瓶の象印さんをはじめ、東京№1の松崎のカバン、武州ハム、ヤマザキパンの下請けではある飯塚㈱など、多くの得意先との取引ができました。江川運送㈱は、2年間で69台を超えるようになりました。

やった！ 第二の人生

昭和35年（1960年）6月16日、奈良から東京に出て1年8ヵ月余り、北区・王子駅前で出会った人が小塙都美江《こはなわとみえ》さんという方です。丸顔で150㎝ぐらい。私

お付き合い当時の小塙《こはなわ》都《と》美《み》江《え》さん

には、とっても可愛い人でした。

ドキドキの毎日、デイトしたい——近くに飛鳥山《あすかやま》公園がある。桜の花がもうすぐ咲く。花の下を二人で歩いてみよう！　最初の飛鳥山をきっかけに、あちこち20回とも、30回とも……。デイトの〝さよなら〟の前に次のデイト日を決めて——。あっという間に6ヵ月が過ぎました。

茨城県龍ヶ崎市の両親にご挨拶に行き、二人が「結婚したい」と申し上げると、「幸せにできるのか」と言われ、「人並み以上に必ず幸せに致します」と、ちゃんと述べることができ、承諾を頂きました。

「やったぁ!!」

飛び跳ねる思いの、第二の人生が始まる！

了解を得た私たちは、昭和37年（1962年）11月19日、台東区・湯島天神で江川運送（有）の会長ご夫妻の媒酌により、無事に結婚式を挙げることができました。私が24・8歳、都美江18・3歳でした。

新婚生活は、北区栄町43番地（コウセイ化粧品の近く）の栄荘1号室、4.5畳でのスタートでした。

翌昭和38年5月、都美江の勤務する帝都ゴム㈱の上司が、私たちが部屋を探していることを知り、物件を紹介してくれました。豊島区西巣鴨の8畳で台所別、陽当たりも良好。早速、引っ越すことにいたしました。

栄荘の時は誰も来ないし、呼

私たちの結婚式

ぶこともなかった。同じ一部屋でも明るく、やっと人並みの生活ができる喜びと、楽しい引っ越しができました。

早速、龍ヶ崎から、両親が来てくれました。二人の妹たちも、妻が学生時代に文通していた友だち・鍛治紗貴さん（当時静岡県）も来ました。大坂・柏原市の人は現在親交中、巣鴨に来て友だちになった品田文江さん（東京・調布市）も現在親交中です。江川運送社員の宮原、高島両君たちも遊びに来るようになり、交流の輪が広がりました。8畳一間が、こんなに楽しい生活の場に変わったのです。

昭和39年（1964年）2月27日、待望の長男が誕生。「商一《しょういち》」と命名しました。幸せを実感する日々でした。

長男の商一　１歳半

順調な伸びの江川運送

北区滝野川は江川運送の本社でしたが、運送業としては目立つようになり、本社を千代田区神田に移す運びとなりました。昭和37年（1962年）ごろの運送業界は、トラック10台前後の会社ばかりでした。

私も部長にはなったものの営業にはほとんど出られない。配車も忙しく、得意先別にドライバーを含めて配車を考えなければなりません。営業も大切ですが、配車は運送業の要とも言えるでしょう。顧客の担当者の性格も考え併《あわ》せます。担当ドライバーによっては、追加注文がよくあるのです。

ドライバーには、すべての顧客に対応できるように教育することが、運送業としての大きな役割ではないでしょうか。大変生意気なことを言って申し訳ありませんが、ご容赦《ようしゃ》ください。

昭和35年10月の終わりごろ、営業に出て4、5回顔を出していた象印さんに行き、担当の古川課長のご機嫌もよく、今日こそはと思えて取引が決まりました。

帰り道、白山通りを東大前から湯島に来た時、この交差点を右に行けば後楽園がある。ちょっと行って見ようかと思い立ち、後楽園に着いた。とても大きな野球場や競輪場があり、競輪開催中だったので初めて中に入りました。私も8・9・10レースの車券を買いまいたが、全敗してしまいました。当たれば面白かったのに⁉　いや、ハズレて良かったのでしょう。

江川運送の「運転手募集」の貼り紙をきっかけに入社したころ、事務所から外を見ると、道を挟んで正面がなんと山丸証券会社が目に入ります。しばらく我慢していたのですが、商一の誕生後から始めた何社かの株がそれぞれ値上がりしたので、すべて売りに。大和ハウスも５００円で買い、１０００円まで来たので売って儲かりました。

「大和ハウスもそろそろ下がるだろう」との思いから、「売りしかない」と自分で決めつけて1万株のカラ売りに入ったのです。一時は900円まで下がったので「やった」と思う間もなく上げてきて、1700円を突破してきたのです。信用取引だったため、保証金を全部渡しても足らず破産。生命保険の解約などして返済いたしました。株は怖いものですね。

さて、江川運送も順調に伸び、倉庫の話が来て、足立区鹿浜に倉庫と事務所兼賄《まかな》い、その2階には2世帯分の部屋が造られ、吉本、湯本の2家族が入ることになりました。昭和42年（1967年）5月、西巣鴨から鹿浜《しかはま》に引っ越しました。

この年の末に、社長が「吉本君、岩槻に良い物件がある」との話が来ました。「有難うございます」とは言ったものの、お金がない。とりあえず50万円入金したのですが、年が明けて不動産会社から連絡があり、「この物件は無かったことにしてください」と言われました。不動産売買の約定により、手付金の倍返しの100万円を持参し、「申し訳ございませんでした」と和解しました。このようなこともあるものですね。「家」には縁がなかったのですが、今の私には「棚ぼた」でありがたく、ラッキーでした。

翌年5月、近くの内免という方から、「新築したので元の家を売りたい」との話があり、中古ながら安く買うことができました。江川運送から車で10分ぐらいの所です。

昭和39年（1965年）の長男・商一に次いで、昭和41年12月21日、西巣鴨で長女が誕生。一絵《かずえ》と命名しました。絵の好きな娘《こ》にでもなればと思い「かずえ」としました。因みに商一は文字通り、商い一番になることを願ったものです。

江川運送の幹部も14名となりました。昭和44年春には「研修会」と名乗り、熱海

長女・一絵の結婚式

方面に1泊2日で参加しました。会議に入り、「ここ2、3年停滞している会社を、一層躍進させなければならない」と切り出し、一人ひとりに「意見・中傷」してしまいました。

すると幹部全体が社長に「吉本部長の退職」を願い出た。「部長の退職がなければ、自分たち12名が全員辞めることに致します」と。社長も〝背に腹は代えられず〟とかで、幹部12名を残し、私に解雇通達を出したので

昭和44年5月　江川運送幹部研修会名簿					
氏名	昭和44年5月	昭和44年8月		その後の経歴	現在の役職等（備考）
江川　博	社　長	社　長	会　長		死　去
			昭和44年8月		平成26年5月1日
吉本　二郎	部　長	解　雇	八千代運輸（有）	八千代運輸会長	（株）サンホープ設立
			としてスタート		現在5期目に至る
水戸　正行	部　長	部　長	社　長	江川運送会長	江川運送会長
湯本　恒	次　長	部　長	仙台支社　社長	仙台支社　社長	死　去
宮原　成孝	課　長	部　長	退　職	ジャパン社長	ジャパン会長
星野　勇	課　長	部　長	退　職	エコー運輸社長	エコー運輸会長
西野　勝	課　長	課　長	退　職	大洋運輸社長	大洋運輸会長
篠　原	課　長	課　長	退　職	コンビニ店始める	コンビニ数軒のオーナー
兵頭工場長	工場長	工場長	退　職		不　明
赤城	係　長	課　長	退　職	赤城運輸社長	赤城運輸会長
関根	係　長	課　長	退　職	関根運輸社長	関根運輸会長
永野	係　長	課　長	退　職		不　明
岡安	係　長	倉庫課長	退　職		不　明
安塚	係　長	係　長	退　職		不　明
当時の幹部会は錚錚たるメンバーで、大半が社長または会長職を成し遂げた方々です。					

す。私も「若さの至りで申し訳ないことをしてしまい…」と反省しましたが、社長は決めた以上、変更もできず、私の解雇という結果になりました。

私としては会社のためにと、一人ひとりに「意見」したことは申し訳なく思いましたが、社長は「吉本君が、みなさん一人ひとりに〝中傷〟したことはダメだと思う」「この件は社長の私に任せてほしい。実際、急成長してきたのだから、私も気が緩んでいたかも知れん。みなさんも忙しかったでしょうからな」と、言うような話をしてくれれば終わっていたのかと思われます。

ここで私が気付かされたのは、「人は誰でも誉められて悪く思う人はいない」ということ。これからは悪くても、悪くなくても、まず誉めることからその人の中に入り、やる気を引き出すとか、仮に反省すべきことがあれば、時間をかけて話し合うことが一番有効ではないか。これからは肝に銘じて、勉強しながら頑張ろうと思います。

遊びも〝明日への糧《かて》〟

昭和36年の春、休みの日のこと。埼玉・川口のオートレース場に行きたくなり、午前9時ごろに着く。10時から始まるので新聞を買い、「予想もできないのに」と思い待機していると、凄い音を立ててバイクが5、6台。1R《レース》に出るバイクです。まず1周してスタート地点に集まり、もの凄い音を出してスタート。トラックを3〜4周してゴールするのですが、コーナーを上手く廻れる人が勝つ。一日中バイクと付き合っていたら耳だけでなく、頭までオカシクなる。11時、戸田の競艇場に移りました。

ボートの音はバイクと違い、エンジン音もあるが波しぶきが実に美しい。これで舟券でも取ることができれば、また楽しく思えるのではないか？　いずれにせよ、競輪は人が自転車を、オートはバイクを、競艇はモーターボートを、すべて人が操るもの。操られるのは〝一攫千金《いっかくせんきん》〟を狙う人たちなのでしょう。

どんなゲームでも勝ち負けはつきもの。また行こうと思う私には、競輪も、オートも、競艇も面白くなく、競馬にすることにしました。

なぜか——。競馬は馬の力が3割、人の力が7割という。すべて人の力よりは面白いかも知れない……。地方競馬では埼玉・浦和競馬に2、3回、東京・大井競馬には5、6回ほどです。中央では中山競馬（千葉）、東京競馬に行ったのですが、スケールの違いが凄い。同じ時間を過ごすなら中央競馬に行くのに限ります。

福島、新潟、阪神は各1回。新潟競馬場に行った時は新潟の友人宅に泊まりました。明朝6時、新潟競馬場に到着。ロイヤルボックス席に入るために前の方に並び、8時半の開門まで待つので、二組の夫婦と友人の5人で麻雀を半チャン×2。待っている所でプレーしたので、黒山の人だかり。あっという間に開門時間がきました。

新潟競馬では1Rから始め、5R・障害レースの本命に50万円、中穴に5万円×3、1万円×3枚を買う。見事に本命が入って、430円の配当が付きました。女性2人に両替をお願いしたのですが、両替ボックスに〝お金が無い〟ので、少し待ってくださいとのこと。食事をして、本日の勝負は10Rに100万円の一本勝負。しかし見事にハズレ、11R終わってチャラ。最後の12Rを買って車での帰り道、1160×2万円が当たり、少しのプラスで終わる。まあ、そんなもんです。

このころ、ボウリング場があちこちにできました。

親睦になると思ってボウリングクラブをつくり、楽しみができればと2、3ヵ月に一度、ボウリング大会をしたりしました。休みの日には、数人のグループでボウリングを楽しんでいるようです。私もマイボールを持ち、最高アベレージも3ゲーム540点まで出すまでになりました。

また、社員の宮原君には麻雀を教えていただいた。良かったのか、悪かったのか、まあ、何をしてもプレーは面白い。週末には王子駅へ。飛鳥山への途中に、確か「黒猫」

とかいう雀荘があり、全員集合となる。麻雀も病みつきになるようですね！　遊びは英気を養い、明日への糧となるようにしたいものです。

ある日、江川運送の社長に「ゴルフをやってみたら」と言われました。同業者の社長さんたちと一緒に、熱海ゴルフ場に行き、プレーしました。練習なしで即プレー。午前中に9ホール、食事して午後から9ホールするのですが、これを1R（ラウンド）といって終了です。

私は前半75打、後半73打のトータル148打だったのですが、社長さんたちは、さすがに上手でした。一人は80、86と92。社長さんたちのラウンドのスコアーですが、それぞれ2～3打ずつ少ないと思います。私はそれ以来、ゴルフを止めてしまいました。

いよいよ八千代運輸スタート

9年間務めた江川運送を後にして、運送の「いろは」を覚えたので運送業を始めることにしました。

運送業の権利を取るには、陸運局に書類を提出してから6ヵ月はかかる。これも大変ですし、業者のなかで「売り手」を探した方が早いかも……と思いました。その気になればあるものです。運も手伝って北区の「赤羽小型運送」が売りたいとのこと。すぐに行き、値段の交渉がまとまり、買うことができました。

しかし、今考えると、私も〝バカなこと〟をしたものだ。江川運送のためと、幹部たちがそろっているので気合を入れて頑張ろうと企画したのに、自分で墓穴を掘ってしまいました。「言葉遣《づか》いには気を付けなければ」と、反省しての再スタートとなりました。

江川社長に会い、「運よく赤羽小型運送社を買いましたが、私は、江川運送在職中に社長がつくられた『八千代運輸』がほしい」「私は今、赤羽小型運送を持っていますが、権利を売って案分しては……」とお話し、了解していただきました。「八千代運輸㈲として始めますので、よろしくお願い致します」「二年間、傭車《ようしゃ》の人たちは八千代運輸を通すようにお願いします。社長に私のできることは何でも協力します」と話しました。

江川運送の中から、20名余りが「吉本部長の所で仕事ができれば」と、来てくれました。その中から8名の方に来ていただくことにして、あとの方々には「申し訳ないが、本当にありがとう。またいつでもいいから、遊びに来てください」ということにしました。

まず江川運送の車を4台借りて、江川運送の仕事をする。残りの3台分は江川運送での在職時、トヨタ自動車の生田目さんから20台以上の車を買っていたので、トヨタに車3台の注文を出し、条件として3ヵ月後から支払うことにしました。

何しろ運転資金がない。借りるにも、光信用、王子信用、成和信用金庫、全東栄信用組合がことごとくダメ。最後に江川運送の仕事で取引をしていた滝ノ川信用金庫・足立支店に行きつき、支店長が会ってくださいました。江川運送にいたことを話すと、「営業から吉本さんのことは聞いている。どうしました」と聞かれ、「100万円貸してほしい。一年返済でお願いしたい」と率直に申しました。「どうぞ、いいですよ」。やっと安堵した。確か、横溝支店長だったと記憶しているが、支店長には本当に感謝の一言に尽きます。本当にうれしかった！ ありがとうございました。

お借りした100万の返済は1年の約束でしたが、6ヵ月で返済でき、すぐ400万円を2年返済で借り入れました。これも1年で返済することができました。

同業の大鷲運輸の社長さんから電話があり、「足立区伊興《いこう》1丁目に土地がある。買わないか」との連絡がありました。早速、滝信足立支店長にお会いし、「伊興の土地を買いたいので、1500万円貸していただきたい」と言い、五年間の返済で借り入れました。

八千代運輸㈲の本格的なスタートです。社員は勿論、40人の傭車の人たちも朝早くから夜遅くまで、よく働いてくれました。私自身も朝6時半から23時ごろまで、毎日二年間に亘《わた》る作業でした。伊興の事務所ができ次第、鹿浜から引っ越しました。

昼間は営業、得意先の獲得のため一生懸命。というか、以前のように「3ヵ月間、1件も取れなければ給料はいらない」では済まない。営業に出て、お客様が獲得できた時は運がいいとか、悪いとか、言っている場合ではない。そこで私は、絶対に取引してくださると思える武州ハムへ。所長は、私が若い時に取ったお客でしたので、4トン車2台がすぐに決定しました。

2件目は松崎カバン・管理部長の両角さん。彼の千葉のご自宅まで向かい、会っていただきOK。松崎カバンさんはこの先何十年もの間、八千代運輸のお得意様として取引させていただきました。ありがたいことにその後、トントン拍子に得意先が増えて行きました。

伊興に引っ越したのですが、得意先が増えることによって運転手が不足になりました。住み込みの運転手を募集したため、朝夕の賄《まかない》いを妻にお願いしました。10人から最高時13人の賄いを、結果的に20年間続けてもらいました。

従業員たちも「奥さん、奥さん」と慣れてきて、「今日の味噌汁は少しまずい」と言えるようになった。毎日、毎日、一生懸命、朝出かける前に「お味噌汁の一杯でも」と作っ

得意先名簿				昭和60年（1985年）2月現在	
	社名	上場コード		社名	上場コード
1	武州ハム		12	ジャパン建材	9896
2	松崎カバン		13	日栄インテック	
3	彩工社		14	コンドウティック	7438
4	プリプレス		15	松村石油	
5	オキナ		16	博展	2173
6	飯塚		17	徳島通運	
7	井田両国堂		18	樋口物流	
8	ブルボン	2208	19	日中製作所	
9	象印		20	岡村	
10	白商		21	近藤製作所	
11	前田ガラス				

同業者ほか協力会社

江川、大鷹、ユタカ、サニー、眞見、宮本、山新、青山、松田、ジャパン、エコー、太洋、福田ほか

大畠、定塚、大塚、鈴木、松田、山下ほか

ていたのが、「失敗作で申し訳ない、つくらなくて済むなら……」と思ったこともあったそうです。

「作らなくてよいなら、私、とっても嬉しい。まあ、一週間休ましていただき、また、従業員のために頑張って作ります」

稲川君の〝発言〟により一週間、「味噌汁なし」とあいなる。いただく方も、つくる方も、考える時間を持てて「親しい中にも礼儀あり」、楽しく食事できる方が良いと思います。

おかげさまで運転手の心配はなくなりました。他の運送業の方々も賄いが大変で、運転手の確保には大変悩まされていたそうです。

妻の協力により、23台までになった車は順調に運行し、車が不足した時は傭車の方々の協力を得て、得意先には迷惑をかけずに順調な滑り出しとなりました。

悩みごとといえば、年末に「一年間の反省」とかで忘年会を事務所で行っていました。ある時、西新井《にしあらい》大師の所の料亭「清水屋」さんに、「11名ですが」とお話すると、お借りする「見合いの部屋はないでしょうね。少し広いですがどうぞ」と言われたのがきっかけで、毎年、清水屋さんで。一人でも二人でも、多く参加するようにと、それから20年ぐらいは、20～30名前後でしたが、徐々に増えて70～80名までになりました。

私のあと、長男・商一に託してから6、7年経過しましたが、毎年、心のこもった料理を出して戴き、女将さんには感謝するばかりです。思えば私にとって、11名の忘年会でお部屋を貸して頂いた時、素晴らしい女将さんとの出会いが忘れられず、おかげで、今日の私があるような気がしてなりません。

清水屋さんの女将とお嬢さん

昭和49年（1974年）に入り、八千代運輸の車庫に2階建ての店舗を造り、㈱

㈱レジャー賞品社を設立

レジャー商品を設立。大阪に姉が一人いたものだから、東京に来て店番をしてもらうことにしました。トロフィーは根岸にある大和商会さんから、雑貨は馬喰《ばくろ》町から仕入れ、その他いろいろな小物なども仕入れました。

すべり出しはゴルフの商品トロフィー。春・秋の野球大会の賞品トロフィー、学校の行事、運動会とか、特にボウリング大会の至る所からの注文を頂きました。営業にも田代、斎藤の両君を入れたのですが、残念ながら失敗でした。

商品の納品と同時に代金が入るのに、斎藤は掛売だと言って代金を「ポケット」に入れるようになり、だんだんと後払いになり、斎藤には損金を出してしまいました。昭和47年から始めたレジャー賞品業は平成２年（１９９０年）に閉鎖いたしました。

親睦と交流の野球部

八千代の会社では親睦と得意先との交流をはかる野球部をつくり、野球場を確保するため、足立区の野外球場の抽選会に毎月、妻と二人で朝8時に並んで9時からの抽選を待つ。ハズレると、その月の野球はなしです。

得意先との野球は「日曜日しかできませんがいかがですか」と連絡をとり、井田両国堂㈱様とオキナ㈱様から連絡がありました。会場の日程は決まっているので、その日来られる会社との対戦となります。オキナ㈱さんとは数回対戦しました。

その内の1戦でのこと。球場の外野までは60～70メートル位、外野の塀の高さが5メートルほどです。オキナさんのピッチャーは学生時代、ピッチャーで鳴らした人。その方のボールを、なんと私がレフトフェンス越えのホームランを打ってしまった。たまま〝当たった〟だけなのに、ピッチャーの方は嘆くことしきり。当の本人がビックリのダイヤモンド一周でした。

井田両国堂㈱さんとの野球試合も5回ぐらいありました。結果は勝ったり負けたりと楽しく、野球が終わるとレジャー賞品の二階で酒盛りが始まり、野球談議に花が咲き、仕事の話もでたり。先方の課長さんが野球部の責任者として参加されていたので、酒の席での無礼講ということで、いろいろとお話させていただきました。

また、㈱松崎さんとも数回に渡り試合を。同社のグラウンドのある野田工場まで出向き、野球を通しての親睦は、松崎社員の方々との気さくな会話により、翌日からの仕事が非常に楽しく進行していきました。

昭和51年（1976年）には、足立運送組合の野球大会に参加するようにしました。足立区内には450社以上の組合員がおります。同52、53年には、うちの商一、内免君たちの参加によって「運送組合野球大会」では、2年連続の準優勝を成し、組合でも八千代運輸の名を知っていただけるようになりました。

突然、江川運送の土井《どい》さんから電話で「野球やりませんか」との連絡があり、「八千代さん、組合の野球大会準優勝だって！　お手合わせお願いします」。私の江川運送時の後輩で、今は事故担当で車の保険などの仕事に就いています。

それではと、「江北《こうほく》の河川敷なら取れる」とお話し、日曜日、グラウンドに午前9時集合で試合することになりました。うちの野球部はグラウンドで午前8時から練習。「江川さんの人たちが来たら交代してください」と話して出発しました。

私は、クーラーボックスにスプライトを30本入れて、真っ白い秋田犬の「サンタ君」をタクシーに乗せてグラウンドに直行する。遊んでもらえるはずのサンタ君はネット裏です。江川さんの練習が終わり次第、試合になります。試合は和やかな内に進んで一進一退、最後に八千代運輸が何とか1点入れ、5対4で花を持たせていただきました。

商一が西新井中学校に入り、1年生から野球部員になりました。私が、学校の練習場の金網の外からいつも見ているのを、ＰＴＡの役員の方たちの目に留まり、突然、家に来られました。「ＰＴＡ役員のお願いに上がりました」とのこと。私は「地元の者でないのでお断りします」と話し、「今日は取り敢《あ》えず…」とお帰りになりました。

しかし翌日、私の留守中に、また次の日にも役員たちがお出でになり、「どうか役員になって頂きたい。私たちが何でもお手伝い致します」と。何の縁か判りませんが「何を話すのかも分かりませんよ」とお話したのに、「それでも役員に」ということで、役を受けることになりました。

秋になり、１年９組、商一のクラス担任・阿久津先生が「校長の許可を得ていますが、子どもたちを芋煮会《いもに》に連れて行きたい」との話がありました。ま

３年担任の菊地先生（左）と阿久津先生

だPTAの役員でもないのに参加するのはよいことと思い、私が車を出すことに。お母さんたちも多くの参加があり、天候にも恵まれて「楽しい芋煮会《いもに》ができますように」と、埼玉の秩父に向かって出発しました。

18年間一緒に暮らした柴犬のモモちゃん

この日が秩父のお祭りとはつゆ知らず、皆さんと一緒に柴犬の「モモちゃん」を連れて河原へ。小枝の散策と薪になるような物を集め、石の釜戸をつくり終わった時でした。お祭りの花火が4、5発撃ちあげられた。モモは花火が大嫌い。さあ大変、一目散に山あいに向かって逃げ込んだのだと思います。

誰にも話せず、私一人で探しに……。人と出会う度に、「柴犬を見かけませんか」と声を掛けながら2キロほど行った所に、一軒の農家がありました。小母《おば》さんに「小さい柴犬を見かけませんでしたか」と伺いました。大きな牛が放し飼いにされ、その向こうに8畳の部屋にコタツが見えました。小母さんは、「あそこの中に入っているよ」とのこと。私が「モモ」「モモちゃん」と2回呼ぶと、なんとコタツからヒョッコリ顔を出して走って来ました。

ホッとした私。「もーオ」。小母さんに何度も繰り返しお辞儀をし、お礼を申し上げて帰ろうとすると、「私が飼うよ」と言われてビックリ。私はあわてて「生まれた時から飼っているので、申し訳ございません」とお話し、芋煮会会場に戻れたのは2時間も過ぎていました。終了間際、一口戴いて終わりになりましたが楽しめました。

芋煮会には多くの参加者があり、日曜日にもかかわらず、生徒を思う阿久津先生の提案が実り、子どもたちと親と先生の気持ちが一体となった気がいたしました。素晴らしい担任の先生との出会いだったと思います。

最後に父兄の一人が気分を悪くしたものの、車に乗って参加者全員が無事に帰って来ました。お疲れ様。本当に楽しい1日でした。

＊　＊　＊　＊　＊

レジャー賞品の店舗は二階建で、二階まで商品を見に来る人は少ないので、二階を雀荘にしました。5卓置いて計20名様が座れます。当初は近くの人たちが1、2卓ほど使う程度。1年後には銀行の行員さんたちが「月例でおねがいします」ということになりました。

そこで私は「昇級制度」を作りました。スタート時は全員5級です。1度優勝すると1級となり、その後3大会で1度も3位までに入れなければ2級にダウン。この状態を保ちつつ優勝すると初段に昇格する。しかし、5大会で3位までに入れなければ1級に。この状態を維持しながら優勝すると2段になり、2段以上の方は落ちることはない。ほかに、1大会2位～5位までの方はそれぞれ2級、3級、4級というように「制度」を決めて進行しました。

2大会、3大会と回を重ねる度に、自分の名札が5級、4級、3級と上がって行くのが麻雀大会を盛り上げ、より面白く、楽しそうに参加していました。

行員の人たちも楽しい大会と同じように、仕事の面でも楽しくすることによって成果が上がり、地位も主任になり、係長にと、楽しく仕事をしながら昇給もする。面白いもので、どんな仕事でも2階級も上がると、人は欲が出るもので下を見なくなり、頑張り方も変わるものだと、私は思います。

八代亜紀さんと出会う

八千代運輸（有）が伊興に越してきてから、「三菱ふそう」の足利理一課長が頻繁《ひんぱん》に顔を出ようになったのですが、当時、私はトヨタの生田目さんに大変お世話になっていました。

私がトヨタ「クラウン」車を新車で購入してから、ナンバープレートを「８８—８８」にするのに半年もかかりました。２年目の車検が終わった時、生田目さんから「社長の車をあと1年乗ってから、私に譲ってほしい」との話がきた。２年落ちではまだ少し高いので「3年過ぎごろにお願いします」とのことで、直ぐに了解いたしました。

88-88 ナンバーのクラウンと一絵

　昭和50年（１９７５年）ごろは、まだ好きなナンバーを取ることができず、生田目さんが、息子さんに頼まれたそうです。息子さんはプレミアを払っても「1日も早くほしい」とのことで、プレミアなしでお譲りしました。

　三菱ふそうの足利理一課長の1年６ヵ月に渡る営業の在り方に、私も足利課長にすべてを託すようにしました。２トンのキャンターと４トン車トラック、また2《トン》、4《トン》車というように、どんどん三菱の方に変わっていき、次の正月には家族で西新井大師にお参りに。足利さんの長女・加奈子ちゃんは2、3歳でとても可愛いお子さんでした。理一パパと私の手をつないでぶら下がり、3、4《メートル》先に足を着き、またぶら下がって遠くに足を着けるのが、とても楽しそうでした。

　翌年も、その次も三菱車が入り、古くなったトヨタ車は廃車になり、三菱一色となりました。

　三菱ふそうの足利課長から、ＴＢＳラジオの「榎さんのおはようさん」1500回記念番組で「ＴＢＳスタジオで『カラオケ大会』をおこなうことになり、ぜひ参加を」ということで、参加することにしました。榎さんと八代亜紀さんが朝5時か

三菱ふそうの足利課長ご夫妻と

ら6時ごろまで、日本縦断しているドライバーの皆さんに送る番組。八代亜紀の歌が流れ、「今日も無事故でガンバッテね！」と語り、また演歌が流れる人気番組です。私は歌ったことがないのに6人が〝ひやかし〟で応援に来てくれました。曲は、五木ひろしの「わすれ宿」をなんとか3番まで歌いましたが、自分でもさぞダメだったろうと思いました。が、成績発表では、三菱さんのお蔭で「特別賞」を頂きました。

その後、榎さんと八代亜紀さんとの対談がありました。

八代さんが「吉本さん、私の歌を何か知っていますか」と言われ、「レコード大賞を取られた『雨の慕情』」とお話いたしました。すると、「さわりだけでも少しお願いできるかしら」と言われ、

八代亜紀さんとＴＢＳラジオのスタジオで

心が忘れたあの人も……　と歌い、「私の会社は〝八代〟ではなく、八千代運輸（有）でして、北海道から九州まで、三菱ふそうの4トントラック野郎が八代亜紀さんの演歌を今日も楽しみに、四国へ、広島へと走っております」とお話しました。

最後に、榎さんと八代亜紀さんと握手をし、写真まで撮って頂き、良き思い出となりました。これから私も少しは歌えるようになれたら、人生も明るくなることでしょう。今回は、誠にありがとうございました。榎さん、八代亜紀さん、ごきげんようさようなら。

八代亜紀さんと握手

ＰＴＡとハナミズキとのお話

昭和52年（１９７７年）４月、足立区西新井中学校（西中）ＰＴＡの監査役として活動に参加しました。当初は月に1度、役員会が開かれ、学校の教職員の顔を覚える程度でした。

体育館で卓球の練習に励む生徒たちを見て、卓球台を寄贈。「もう少し練習すれば足立区大会では優勝できると思うよ」と話しかけ、卓球部を若干〝あおり〟、「頑張れば、素晴らしい先生の指導と講演を受けられるようにお願いするから」「もう少しでいいから、自分なりに『今日は良く練習した』と思える日を続けることで、足立大会で優勝できるレベルになるでしょう」と励ましました。

その足立区中学校卓球大会では、残念ながら準決勝で敗れ、４位に終わりました。「良く頑張ったね」と話し、「君たちはもっと強くなりたいと思うか？」「はい、思います！」。とても楽しみな子たちです。

　校庭の脇で毎年綺麗な花を咲かせるハナミズキが語る。

「私が西新井中学校に来て早３年、４年目に入るのネ。お兄さん、お姉さんたち、とても素晴らしい学校になりましたネ」

　ハナミズキがまた話す。

「もしも私が運動場に入るような植え方だったら、邪魔だとか〝切ってしまえ〟なんて言われたに違いない。きれいに咲いて、皆さんによく見てもらえて、とても嬉しい」

足立区立西新井中学校で

西中の生徒たちに挨拶する吉本ＰＴＡ副会長

ハナミズキの木は校歌の中にも入り、「皆さん方にはまだまだ話しかけますよ」。

昭和53年4月、西中のＰＴＡ副会長になりました。６月に、江川会長から「今日の運動場での朝礼に出席できないので、吉本副会長が代わりによろしくお願いします」とのことです。

運動場には生徒１２３４名、職員67名、ＰＴＡ役員12名、１３００名を超える人のなかで初めてお話をするとなると、さすがに壇上に登る足が自然に震えました。

私は、全員の方が静かになるまでお話しないので、それを待つうちに足の震えも収まり、落ち着き話しました。

「皆さん、お早うございます。今日は会長の変わりで、副会長の吉本です。朝、校門を通り運動場を見ている時、お早うと声かけられたような気がして、周りをみたのですが誰もいない。ハナミズキの木が……今日は運動場での朝礼だから、皆さんにお話しよう。もうすぐ花を咲かせるので、少し水をくださいね……と言うんです」

「足立区で優勝も良いが、都大会で優勝して、全国大会で優勝する位の気構えを持って練習に取り組むことが、大きな目標に近づくのだと思う。君たちと約束した先生は、世界卓球大会の混合ダブルスで優勝され、世界一になった方をこの西新井中学校に招き、卓球のすごさと楽しさを大いに語って頂きます。

その先生は長谷川信彦、両沢正子ペアのお二人です。努力はなぜするのか、よく先生のお話を聞き、努力することにより『輝かしい栄光が待っている』からだということを、ぜひ学んでほしい」

１９８２年9月18日、「長谷川信彦先生の講演と実技」の看板を校門に立て、約束の午前10時に来てくださいました。

長谷川信彦氏の講演が始まり、卓球部員をはじめ、学校の先生方、ＰＴＡの役員から父兄の方たちも参加され、賑やかなうちに講演が終わり、実技指導に入りました。

さあ長谷川、両沢両氏に挑戦。卓球部顧問の丹治先生を皮切りに、卓球部の先生はじめＰＴＡ、父兄の方たちも卓球部員たちに負けまいとラケットを握りました。当時は21本勝負でしたので大変です。

卓球部員はもとより、対戦させて頂いた全参加者のなかで、点数の取れた方は１点か、２点。それも卓球台の角（エッジ）に当たり、得点１となっただけです。卓球部員たちは、その高いレベルのすごさに唖然として、開いた口がふさがらない。学校の先生方、ＰＴＡから父兄の方々と多くの参加が得られたことは、非常に良かったと思います。卓球部の生徒たちは、長谷川、両沢両先生の前に並び、感謝の礼をしました。

「大変お忙しい中、西新井中学校・卓球部の講演と実技指導に来てくださいましたことは、卓球は勿論、これからの人生の楯として頑張ります。本日は本当にありがとうございました」

生徒が卓球日本一に

昭和53年度、西中PTAの副会長になり、PTAの仕事も少し増えてきましたが、副会長は私を含め4人の方々がいます。

私は卓球部に力を注ぎ、53年度の足立中学校卓球大会では優勝することができました。東京都大会では、もう少しのところで3位に終わり、一層の励みになりました。

54年度はPTA会長の任になり、卓球部も3年目を迎えました。部員たちも、初めは私と〝実力的にはあまり変わらなかった〟のに、都大会に出て勝ち進んだことで自信を着けたのでしょう。

54年度は足立区はもとより、都大会でも優勝。念願の「全国大会」（名古屋）への出場が決まり、私も名古屋に乗り込みました。

全国大会初出場とあって、1回戦は緊張の余り「非常に固く」なっていました。「君たちは都大会ではなく、足立大会でそんなに固くなっていたのか？　違うだろう！『足立』と同じようにしなさい」とアドバイス。冷静さをやや取り戻し、負けていたスコアが逆転。1回戦、2回戦と勝ち進み、いよいよ決勝戦です。

さすがに私も興奮、動揺し、生徒たちに「今、何を考えている？　足立区大会を思い出して戦うというか〝戦うのではない〟いつもの卓球をする、と思え。さぁ行け！」「ビビッてんじゃない。相手も同じだ。足立大会の延長戦だ！　さぁ、行け！」。何を話しても耳に入らない様子。「よし、一球入魂だ!!　それでよし」。

決勝戦。選手たちは、ついに、ついに日本一を成し遂げました。

この日、団体戦では日本一でしたが、残念ながら個人戦は3位以下となりました。それでも先生方、父兄の方々、バンザイ！　生徒たちも、「やればできる」と思ったことでしょう。

PTA会長になると、何もかも会長に連絡が来る。本当に忙しい会社の仕事は全然できず、会社は部長に託すようになりました。

足立区立32校のPTA会長・校長会がおこなわれ、2学期も打ち合わせなどの会合があり、一番多いのは1300人を超える学校の冠婚葬祭です。一度午前11時に葬儀に行き、午後1時半のお祝いにかけつけた時です。運よく友人に出会い、「会長、ネクタイ黒ですよ」と言われ、急いで持って来て頂きました。

私は会長になって、生徒たちに話をする機会が多くなり、話をする前には、必ず私語がなくなるまで話しをしないことにしてきたので、いつも子どもたちは静かに待っていますが、父兄の方々の方の私語が少し多く感じられます。

＊　＊　＊　＊　＊

2週間ほど前に朝顔の種をまき、毎朝、水をあげる。今朝は3つの花が咲きました。「種をまき、水を与えれば花が咲くのに決まっている」。

私は、昨日より多くの水を与えた。翌日7つの花が咲いた。次の日、8つの花が咲きました。今日は昨日より少し水を減らし、朝と夕方の2回、水をあげることにした。朝顔のツルは2メートル以上になって、花は13個も付きました。次の日も朝夕2回水を与え、また次の日も与えた。2週間、同じ事を続けてツルは3メートルを超え、花も30個以上の大輪の花を咲かせました。

私も皆さん方の前で、何十回となくお話をいたしましたが、「西新井中学校の生徒さんたちは、社会に出ても、ちゃんと聞く耳を持っている。素晴らしい生徒さんたちです」。

西中の生徒たちも、有名私立校に入る人数が毎年のように増え、越境の生徒たちも各学年で40人以上になっております。生徒たちの「聴く力」「前に進む力」「振り返る勇気」が、少なからず成長に、全生徒が前に向かっていることだと思われます。

朝顔の花も、卓球部の生徒たちも、初めから素質があったわけではない。全校の生徒たちも今日は1つかも知れないが、1つひとつ積み重ね、卒業時には90〜100%に近づくでしょう。

メイキュウ卓球クラブのメンバーたち

ＰＴＡの最後は各学年委員会、卒対委員会、卒業式と、すべての会議を終えて３月最終の打ち上げと、３月だけで実に17日間の会議づくめで、素晴らしいおみやげを頂きました。

４月上旬、痛風になり、お酒は６ヵ月間禁止、お肉も控えめとなり、ＰＴＡ会長を無事に退任しました。

昭和54年（１９７９年）10月、ＰＴＡ卓球クラブをつくり、25名ほどが参加してくれました。毎週土曜日19時～21時、西中の体育館を借りることになりました。

ＰＴＡ卓球クラブは昭和55年４月、「メイキュウクラブ」と名称を変更いたしました。その後、足立区卓球連盟に登録してユニフォームも作り、15年に渡り卓球大会の参加は勿論、ユニフォームを着て旅行に行くこともありました。

40年も過ぎた現在、皆さんが参加できる方々に連絡を取り、カラオケからコンサートの観賞なども楽しみました。メイキュウクラブの仲間は、奈良県在住の時の友人たちさえ、時に忘れるくらいの存在になっています。

メイキュウ卓球クラブで山中湖旅行

待望の後継者が

昭和39年（1964年）2月27日、長男・商一の誕生は、東京・荒川区尾久の東京女子医科大学病院で生まれ、２６５０グラムでした。

家族が増える素晴らしさで、私も「一層がんばろう」と決意し、朝早くから夜遅くまで懸命に働きました。子どものことは妻に任せ、毎日、見るのは寝顔だけ。その2年10ヵ月後の昭和41年12月21日、茨城・龍ヶ崎市の妻の実家近くの石川病院で、長女が誕生し、一絵と名付けました。

私が結婚して一年後には、48キロから75キロにもなり、お腹もポッコリ出てお腹周り１２０センチまでになってしまいました。

1歳半になった商一

日曜日には、商一と少しは遊んであげようと思ったまでは良かったのですが、私のお腹から滑り落ちるのがおもしろくて、何回も、何回も繰り返す。
そのうち私は、いつの間にか眠ってしまい、目が覚めた時、商一と私は毛布を掛けられ、一緒に眠っていたのです。

ある日、商一と近くの公園で遊んでいた時に友達の宮原成孝さんが来て、商一の手を取ってブランコに乗ったものだから、もう大変、手を放さない。少し寒いなあと思っていたら、雪が降ってきてあっという間に一面真っ白になり、急いで家に戻りました。

商一と一絵、近隣の公園で

家に帰ってもオモチャを出してきて、1つひとつオモチャの説明をしながら、もう夢中。少し遊んだら眠ってしまい、満足顔でした。

商一は巣鴨の朝日幼稚園に入園し、少しずついろいろなことを覚えるようになりました。5歳になり、車に乗って出かけた時です。信号機の下に地名が書いてある。信号で車が止まるたびに、「ここは王子」「ここは駒込だ、巣鴨だ」と話し、「巣鴨は僕のお家だ」。車に乗るたびに聞くようになりました。小学校4年生になり、近くの町内の少年野球チームに入りました。山田監督の指導の下、各町内の少年野球部12～13チームと毎年、リーグ戦をしています。4年生の時は出場できず、5年生からレギュラーになり、6年生の時に優勝することができました。

西新井中学校では、野球部に入りましたが、足立区大会では1度も優勝することはできませんでした。

高校は明大明治高校に入学し、待望の野球部に入りました。

高校3年生の時、高校野球東京都野球大会では、神宮球場の準々決勝で関東一高との対戦。商一は見事に2塁打を打ちましたが、後が続かず準々決勝で敗れ、残念ながら夢の甲子園とは成りませんでした。明治大学に入学しましたが、野球部には入部しませんでした。

商一は卒業後、キャノン販売㈱に入社。本社に9年勤務し、仙台支社に転勤。5年後には青森に転勤しました。青森で4年間勤務中、私の方から「八千代運輸(有)で、父の後を継ぐ気はないか」と連絡したら、「八千代運輸で仕事をしたい」とのこと。「給料は安いよ」と話したのですが、後を継ぐ決意は固いものでした。

私は、後を継いでくれるのは嬉しいが、もう少し会社を大きくして、金銭面だけでもクリアできればと思っていました。ちょうど運転手志望で面接に来た橋田君を営業に回しました。「あなたは前の会社での仕事を、人ではなく荷物に変えるだけで、必ずお得意先がとれる」と話して送り出すと見事的中し、顧客獲得に寄与してくれました。

商一は、キャノン販売本社に勤務中、とても素敵な出会いがあり、功刀《くぬぎ》理江さんという方と付き合っていました。功刀家の長女として生まれた理江さんが、吉本家に来てくれることになりました。

二人は平成3年（1991年）3月3日、ロイヤルパークホテルにてめでたく結婚式を挙げることになりました。仲人さんには上司のキャノン販売部長にお願いして、素晴らしいお話を頂き、とても立派な結婚式となりました。

その後、理江さんのご両親は、たびたび子どもたちの家には顔を出して下さったようですが、当方には立ち寄らず、また私も一度お伺いしただけです。もっとお伺いしなければと思っております。

子どもたちは二人仲良く生活している様子。あとは孫の顔でもと思っていましたが、ありがたいことに平成5年12月4日、商一に長女が誕生し、有沙と命名しました。そして2人目が平成9年5月31日、二女が生まれ、真里奈と名付けました。

＊　＊　＊　＊　＊

平成4年（1992年）4月9日、三菱ふそうの足利さんが所長になられ、おめでとうございます。足利さんからは毎年のように、ご招待して頂き、小林幸子さんのコンサート。また今回は新車発表会ということで、俳優のジャッキー・チェン氏の特別参加で、

商一と理江さんの結婚式

盛大におこなわれ、わたしも参加しました。

私は車を見て回り、だんだん良くなっていく車を見て、「よし、私も一層頑張ろう」と思わされました。ジャッキー・チェンさんは、映像を通して見てはいましたが、大変な紳士。素晴らしい方との出会いであり、握手をし、写真を撮らせて頂き、新車発表会の会場をあとにしました。

俳優ジャッキー・チェンさんと握手

商一は、キャノン販売㈱での19年間の勤務を終えて、平成17年（2005年）9月、八千代運輸（有）に入社しました。入社後12月まで、まず、従業員と共に運転手として業務に励みました。4ヵ月ではあるが、従業員たちの気持ちを少しでも掴《つか》めればとの思いからです。

平成18年1月1日から、社員たちとの交流、お得意先への挨拶回り、銀行との取引、お金の流れ、給料計算ほか支払いなど、3年間会社の業務にあたりました。

遅れ馳せながら平成21年1月1日付で、八千代運輸（有）の新社長とする。同時に、私は退職金として頂いた1億2000万円の内、8千500万円を「貸付」として八千代運輸（有）の口座に入金しました。

そのようなことも知らず、新社長は6ヵ月過ぎに「会長、金がない」といってきました。

「だから話したでしょう。銀行との取引をするように、自分でやりなさい」

私から借入するという考えが甘くなり、場合によっては「どうせ返すのだから、少しぐらい遅くなっても……」という考えに陥っても不思議ではない。どうせ返す

吉元商一新社長

のだから何も間違っていない——との考えが間違っているのだ。ビジネスは、友人とか、先輩とかの借入は事業としての考えが甘すぎるのです。

「事業とは、信頼、信用である」ため、友だち、友人の方々への借入、貸付は、絶対にしてはならない。友人を救うためにも、本人の考えを変え、「銀行に借入金額とその返済の条件が合わなければ、借入することはできない」のです。今までの「自分の考え」の甘さが出たのでしょう。ではどうする。会社を潰すか、小さくても債権するかを考える。だから自分で銀行に行って、申し込みをすればよいのです。

商一の社長としての自覚が見えたところで、私は、平成23年（2011年）2月24日、栃木県佐野市並木町に、妻と二人の老後のために引っ越しました。

並木町の家を購入するにあたり、他の不動産会社との取り決めが甘く、一週間前に売れたそうです。並木町も決まっていたのですが、「入金は明日来るそうです」とのこと。私は「今すぐ支払う」と言って、支払の200万円を手付として、翌日の朝、残金を現金で支払い、購入することができました。

この若田部和正社長との出会いは初めてです。私の記憶では「不動産業は嘘八百」と言われる。実際、私もそう思っていたのですが、2年が過ぎたころ、不動産業でも、若田部社長は信頼できると思い、社長に話しかけました。

「社長の取引は取引額の2.5〜3%でしょう。私がお金を出しますから、利益を折半でどうですか。ただし私は免許がないですよ」とお話し、了解して頂きました。

＊　＊　＊　＊　＊

一方、一絵の成長経過をはしおうと、巣鴨で生まれてから、江川運送の社宅、鹿浜へと越して、江川の社員の湯本家との二世帯が入りました。湯本家のお子さんは、一絵より1歳上の男の子と下の子がいて、2〜3年、仲良く一緒に遊んでもらったものです。そして伊興に引っ越して、佐藤幼稚園に入園、伊興小学校から西新井中学校へと進みました。一絵が西中に入学した時、父の私は西中のPTA会長になり、一絵は陸上部に入部して以来3年間頑張りました。

西中卒業後、戸板高校に入学してダンス部に。戸板短期大学に入学した後も、ダンス教室に通うようになり、大学卒業後、社会人としての第一歩は勧業不動産・丸の内本社に勤務。その勤務中、縁あってダンス教室の先生と結婚する運びとなりました。

平成9年（1997年）8月22日、ホテルベルクラシック東京で宮木茂さんと、結婚式を挙げました。披露宴が始まろうとした時、ダンス教室の人たちがタップダンスを賑やかに音高く響かせ、披露宴を一層華やかに盛り上げてくれました。勧業不動産では18年間お世話になって退職し、平成19年、八千代運輸（有）に入社。事務の仕事を任せて11年間、今では、無くてはならない存在になっています。

一絵20歳の記念写真

還暦を祝う

江川運送㈱を辞してから26年が過ぎ、江川博会長の還暦を祝うため、江川運送に趣旨をお話したのですが、26年前の江川運送に勤務していた人たちのほとんどが賛成していないとのこと。私としては承服しがたく、必ず参加してくれる人たちに話しかけ、50名近くが参加となりました。

日時は平成7年（1995年）11月15日、会場は浅草のビューホテルに決定。江川運送総務の高谷さんに連絡し、江川氏の長男の勝さん、尚子さんとサニー運輸社長、日野自動車、三菱ふそうの方々の参加が決まりました。江川運送専属の計理士・太田先生は、「通過点に過ぎない」と参加不明。11月に入り、高谷さんから「150

人の参加です」との連絡がきて、予定通り盛大に祝うことができました。

その後、私は還暦を迎えました。奈良で生まれ育った22年間を遥かに超える38年間、東京で働き頑張って、現在も東京で生活しています。

江川運送の江川会長から還暦の祝辞を頂く

この度、私も還暦祝いをすることになり、江川会長から赤い帽子とチャンチャンコをお借りしていました。足利氏から、前祝いのゴルフで「マイコースを取りましたから」とお誘いを受けたので、早速、赤い帽子とチャンチャンコを持ってゴルフ場に行きました。ゴルフ場の方が昼食時、別の部屋を用意して下さり、写真も撮り、午後もゴルフを楽しんで帰りました。

還暦祝いは平成10年3月23日、足立区の高砂殿でおこなうことにしていましたが、あの赤い帽子とチャンチャンコがない！　ゴルフ場に忘れてきたことが分かり、すぐ送ってもらったのに間に合わず、90名の参加を頂き、祝ってもらいました。

　まず、江川会長のあいさつで始まり、皆様からお祝いの言葉を賜りました。私も皆様にお礼の一言を。

「お忙しにもかかわらず、お顔を見せて頂き、誠にありがとうございます。江川会長からお借りした赤い帽子とチャンチャンコを、ゴルフ場に忘れて来たもので、今日は晴れ姿をお見せできずすみません」

　宴会に入り、私も北島三郎の「竹」を披露したのですが、風邪で声が出ず、私を助けたのか？　風邪がだんだんひどくなってきました。60歳になっても万全ということはなく、全身全霊で取りかからなくてはならないと、深く反省しました。

赤いチャンチャンコを着てのゴルフ

ホールインワン達成

その後、妻と二人で栃木県内のゴルフ場を、50カ所以上は廻ったでしょうか。

平成21年（2009年）10月14日、〝出ました〟ホールインワンが。私たち二人でしたが、妻が打ったショートホール146ヤードの一打、「入ったぞ!!」と言いながらコースに急いで来た時、カートでキャディーマスターが巡回中でした。打ったボールがカップと旗の棒に挟まっている。マスターに「1回で打ったボールですか」と聞かれ、「そうです」と言ったら、「ホールインワンですよ！」と言ってくださいました。プレーが終わってマスター室で、証明書を頂いて帰りました。

12月6日、大師門前の清水屋さんで、友人の方々36名の参加でパーティーができました。皆さんからたくさんのお祝いの言葉を頂戴し、妻はただ茫然としながら、お礼を述べました。

「皆様に祝って頂いてとても嬉しい。ゴルフをなさる方、一度はできればと思っていらっしゃることでしょう。私は幸せです。ありがとうございました」

ホールインワン祝いにかけつけた
奥村さん（左）と中野さん（右）

＊　＊　＊　＊　＊

ゴルフといえばあまり良いイメージがない。数字にこだわるゲームなのに、1打少なく報告するようなイメージがあり、プロでは間違いなく失格になります。

夫婦2組で初めてショートコースを回りました。パターで打ってもグリーンにオンするコースもあれば、谷越えのコースもあり、船に乗って向こう岸からのプレーもある。パー4で上がらなくてはならないコースもあるため、9ホールを27で回ることは大変です。

1ホールの打数が少なくて、初心者に面白く始められるようにした銀行のバス旅行に参加。途中、観覧のため1時間後にバスは出発です。バスが駐車した所で10分先に「ショートコースあり」の看板が見え、私たち4人は別行動へ。「10分前にはバスに戻ります」と話し、ショートコースに行って楽しんできました。

組合の保養所が栃木の那須と川崎市あざみ野にありました。

ショートコースも8人2組になり、いろいろなコース行くのですが、土曜日1泊して日曜日の朝食後、ショートコースに出発して、昼食は保養所レストランのシェフにお願いする。この食事がまた美味。いつも満足して帰ります。

私たちにはとても良い保養所だったのですが、組合の都合で売却することになりました。その後、私たち2組でのゴルフは、東京都と埼玉県の河川敷コースを求めて、ハガキ50枚ぐらい出して抽選で当たれば、本コースより少し安くできるのです。

1ヵ月に1度ではもの足らず、最後は200枚のハガキを出して3回ぐらいできるようにし、2~3年ほど楽しみました。

＊　＊　＊　＊　＊

私は株式取引に関して、20歳ごろに始めた時、5万円もの大もうけをしたことがどうしても忘れられない。しかし、株で怖い思いをしたことは、前に少しお話しました。東京に来た時、江川運送の目の前が大井証券の事務所に足を運び、大和ハウスでカラ売りをして、生命保険の解約までして「損金」の返済をしたものです。

株式取引の怖さを知りながらまた始め、少し儲かっただけなのに、今度は訳の判らない先物取引に手を出したのが48歳（1986年）の時です。1年間は90%近くで当たりはずれすることなく推移し、ある意味、もの凄く怖い感じで来ていました。

2年目に入り毎日毎日、今日は500万、1000万と数字が毎日のように撥ね上がり、1年8ヵ月経ったころには、今日は3000万、次は3500万と数字ばかりが上がり、建玉《たてぎょく》もかなりの額に達していたのです。

妻が「そんなに儲かっているなら、一度現金を見たい」と言うものですから、妻と二人で三井銀行に行き、テーブルの上に乗せて写真を撮りました。

「これしかないの?」と言われ、「まあ、これぐらいは出すことはできるが、値下がりすれば直ぐ入金しなければならない」とし、取りあえず、一応満足して頂いたのですが、ここが天井とは……。

さあ、値下がりの早いこと。毎日、マイナス1000万、2000万と値下がりして、ダメ押しのように今日はマイナス5000万、今日も6000万と値下がりして、あっという間に全部投げ売りさせられました。夢の33億円とあいなり、山頂から谷底に落とされ、良いことは長くは続かないもの。人生最大の〝経験〟をしました。

太陽君１歳と妻 都美江

＊　＊　＊　＊　＊

日本で戦後、2回目のオリンピック開催ということで、日本政府は、国内に3カ所もカジノ・ホテルを造ることを決定。2020年には、外国からの観光客が3000～4000万人といわれ、膨大な観光客に戸惑いさえあるようです。

韓国旅行、後方が宮木茂・一絵夫婦

私も1993年から2007年の間に、200回を超える韓国とシンガポールなどに、20名以上の友人たちを連れて行きました。初めは到着後にゴルフをラウンドして、優勝から飛び賞、いろんな賞を出します。ホテルに戻り、各部屋に案内されて自由行動へ。各自食事をとり、マッサージをしたり。その後、カジノに直行となりました。パチンコの満員とは異なり、カジノに来たという雰囲気がします。

カジノに来るたびに催しが違う。今日はディナーショーといって、韓国や日本の知名度のある人たちのディナーショーになる。ゴルフ、ディナーショーはサービスで、飛行機、ホテル、食事代は各自の支払いとなる。4回目ぐらいから飛行機代はサービスになり、6回目になると飛行機、ルーム代もサービスになり、10回目では飛行機はビジネスクラス、食事代までサービスになります。これ以降は、自分のほかに2人分は飛行機代がサービス。4～5人以上が同行する場合は、100～200万円の費用持ち込みが必要となります。ゲームをする、しないはどちらでも良いが、人によっては異なると思います。カジノでこれほどのサービスができるのは、いかに儲かるかということでしょうか。

カジノがおもしろいゲームであることに違いはない。妻はゴルフも歌も大好きで、ゴルフで特別賞などに当たると5万円分の金券になり、カジノのチップと交換できる。妻も20回近くカジノに参加したり、観光したりと、楽しんでいました。

日本にもカジノができることが決まって、3カ所もカジノホテルが造られるとすると、どうなるのか。何10年も続いているカジノルールよりも、改ざんに長《た》けた日本の人たちですから、今までにないルール、安全で面白いといわれるようなカジノづくりが必要でしょう。人真似だけなら能がない。さすがジャパンカジノと称されるものになることを望みたいものです。

生まれて初めての涙が

「常に前を見て前進あるのみ」との心がけで、現在の私がいる——と思って居たのですが、ここで少し振り返ることに致します。

私が、どうして奈良から東京に行くことにしたのか。私自身が、仕事で納得がいかなければ申し出て、了解して頂けなければ仕方なく次の仕事、また次の仕事へと渡り歩きました。会社が大きければ組織的と申しますか、何年かの歳月を経て主任とか、係長の試験を受けて任に就く。主任、係長を経て、課長になるまでは10年以上の年月と努力が必要になることでしょう。

私は奈良に居ても、大阪に居ても同じことだったでしょう。4年間も転々として〝棒に振った〟のでは？　いや、私は〝良い体験〟をしたと思っていたのです。

私は日本一の大都市・東京に行って見よう！　１９６０年（昭和35年）ごろは、戦後15年といっても物騒な時代、ボストンバッグにはジャックナイフを忍ばせていました。私の東京行きの決意は固く、友だちに別れを告げました。ただ一人、松田英世君が大阪駅まで私を見送りに来てくれて、嬉しかった。別れに手を振って別れたのですが、生まれて初めて涙がこみ上げてきて……。どうにか東京行きの急行に乗り込んだようでした。

東京に着いて缶詰問屋で１日仕事をして、神田の町を少し歩き「運転手募集」の貼り紙を見て、江川運送に住み込みでの入社に至りました。

その二週間後の日曜日、一人で浅草に行って映画を見に入る。途中、トイレに行ったら後から3人の男がついてきて、「兄さん、面白い所あるので行こう」と言われ、「金のある時に誘ってくれ」と言って館内に入りました。

このようなスタートでしたが、江川運送は2年間で69台のトラックを抱えるようになり、9年目には、課長以上が私を含めて13名となり、幹部研修会を熱海一泊でおこなうことになりました。

私も若気の至りとやらで、左記の二年間で69台にまでなったのに「9年間で100台にもなっていない」と、全員に喝を入れ、幹部全体に中傷的な意見まで述べたため、私自身が会社を退社することになりました。

この9年間余り、私は多くの人たちに助けられ、江川運送退職後、八千代運輸としてスタートすることができたのは、皆さんのおかげです。

昭和44年（1969年）6月、八千代運輸（有）を立ち上げて2年足らずで23台までになりましたが、私は三年目にして人生最大の岐路に立たされました。①中国人の入社②仕事もろくにしないのに給料が少ないとかで、4、5人が労働基準局に駆け込み③仕事の選《よ》り好《この》みをする。人がバラバラになってしまう。全員退職にもできず、しばらくは〝我慢の時〟と思い手を抜いたのです。が、レジャー賞品の店番をしていた姉が「また営業に出たらどうなの」とか、再三にわたり話しにきました。

頑張れば嫌な時期は抜け出せる時が来るものです。

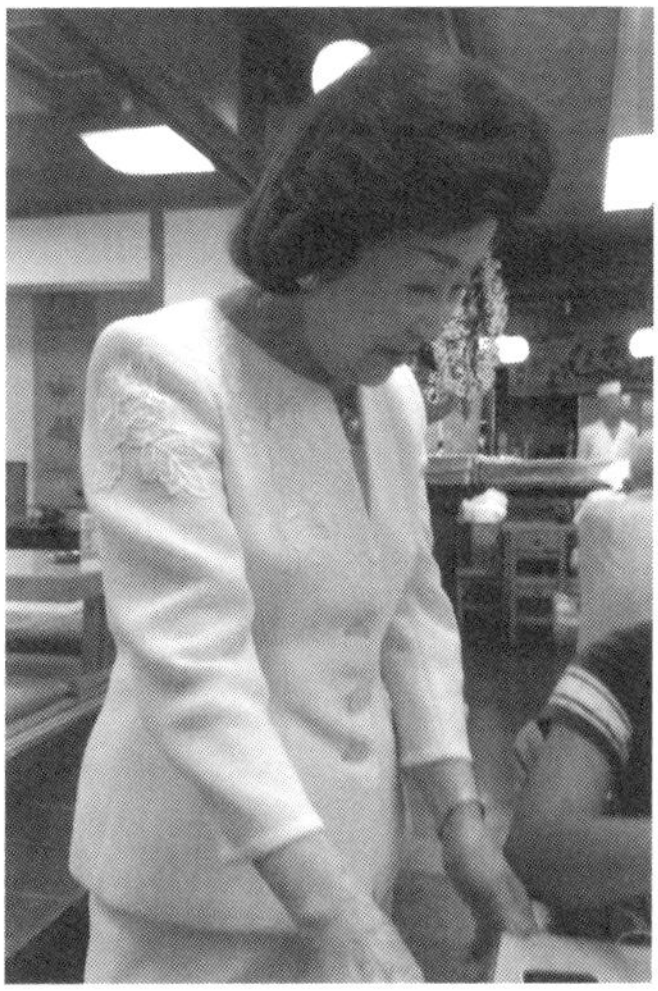

清水屋さんの女将

しかし、長年にわたり最大の得意先だった松崎カバンの倒産により、八千代運輸（有）にも倒産する憶測が流れ、5人の退職者が出ました。私自身も〝間違いなくダメか〟と思いました。冗談じゃない！　私の性分から「岐路とはお別れだ。さあ立ち上がれ！」。そして出番が来たのです。

営業に出ても活気に溢れ、各担当の方々も唖然とするほど。「実は私、長年岐路に悩まされてきたのですが、踏ん切りがついて悩みが無くなり、前進あるのみとなってお伺いしているところでございます」と明るく立ち回りました。

「わが社と取引をしないと損をする」とばかりに、新しい得意先が次々とふえ、軌道に乗り始めました。忘年会で11名からお座敷を用意して下さった西新井大師の清水屋さんでは、だんだん人数が増えて30～40名となり、社員もすっかり入れ替わり、会社らしくなってまいりました。「去る者は追わず、来る者は拒まず」と言うように、人の考えることは多種多様でもあります。

多様であるが故に人に合う仕事を与え、楽しく仕事ができることにより、運送業としても成り立つ。たとえ同じ車に乗って仕事をするにしても、仕事の内容により楽しく生き生きとできる方が、より生き甲斐があり、「今日も仕事をしてきた」という満足感に浸れると思います。帰社する一人ひとりに「ご苦労さん」「お疲れ様」

と声をかけ、今日の仕事はと聞く。「5軒の配達で1軒できなかった」「どうしたの」「昼寝をしてしまい遅くなり、間に合いませんでした」「明日からは配達が終わってから休むように」と話す。

仕事のできる人は1日40軒以上の配達をこなす。この違いを1日も早く縮められるよう、楽しく仕事をしながら、指導もしていかなければならない。まず褒める言葉を探す。一に褒める、二に褒める、三にも褒めるようにしながら、指導もしていくことです。

昨日は1軒残して来たのに社長は何も言わない。「昨日1軒残したので、よし今日は7軒配達してやるぞ」と、全部配達できて19時ごろ会社に帰る。「今日どうだった」「昨日の分を入れて7軒全部配達しました」「おう、良くやった」。本人も「今日は仕事をしてきた」と思える。仮にできの悪い仲間でも〝仕事の達成感〟は気持ちの良いものなのです。

社長はニコニコと話すし、翌日、得意先の担当の方も笑顔で話しかけて下さる。「よし、今日もガンバルぞ」と、少しは仕事が楽しくなってきたようだと話す……そんな関係になっていきます。

＊　＊　＊

一絵がもう20歳になります。妻の都美江が何かお祝いをしてあげたいとの思いで、私の知らない間にホテルを予約。成人祝いの食事会を割安で会食して、記念写真を撮る。抽選に当たった人たちを、ホテルに招待するという企画に当たり、東京・浅草にあるビューホテルに親子4人で食事会ができて、本当によかったです。また一つ、思い出となる写真までついて、今回は、お母さん、ありがとうございます。

昭和60年（1985年）吉日

一絵の成人式・家族で撮った記念写真

自衛隊に体験入隊

昭和44年（1969年）6月、江川運送退職後、初めて江川社長から連絡がありました。

「吉本君、陸上自衛隊練馬駐屯地の体験入隊に参加しないか。昭和48年11月ごろ、2泊3日の予定」だとのこと。参加予定者は江川社長、金井社長、後藤社長と私の4人です。私にとって4年ぶりのご連絡を頂きましたので、「ぜひ参加致します」とお返事しました。

当日の朝、8時に練馬駐屯地着、すぐに自衛隊の服に着替え、8時30分集合。午前中は駐屯地一周の行進、約3キロぐらい歩いてから、昼食に入り、午後1時からバレーボールの試合をしました。これも隊員たちの娯楽なのでしょう。私たちには、午前中の3キロの行進で体に疲れが残り、楽しいはずのバレーボールもくたくたになりました。

2日目は6時に起床。7時までに朝食を済ませ、7時30分に運動場に集合。トラックを2周進行して、8時から、50キログラムの土嚢《どのう》を担ぎ50メートル競争をおこなう。なんと私は2位に入りました。全員終了後、次は1500メートル競争があり、私は15人中13位に終わりました。

午後からは竹刀を持っての訓練となりました。初めは型にはまった練習で、少し楽しかったのですが、その後、号令のかかった練習には全員ヘトヘト。隊長から「明日もあるので、今日は2時で終了とする」。

3日目も6時起床。7時から食事を済ませて帰り支度をし、8時集合。隊長から話がありました。「特別に、今日は駐屯地を一周で終わる予定だったが、半周だけ頑張ってください。次回の人たちにも、隊員たちにも示しが付かず、ご協力を！」

半周を終了して記念写真を撮り、各自2級、3級の賞状を頂き、午後2時、帰路に着きました。

5泊6日のカナダ行き

私が昭和44年（1969年）6月に八千代運輸（有）として独立してから、24年も過ぎた春（平成5年＝1993年5月）、江川社長から連絡を受けました。「カナダに別荘を購入したので、八千代運輸（有）の奥さんと松栄運輸の金井社長婦人、ユタカ運輸の高橋社長婦人、サニー運輸の後藤社長婦人の4名で、ぜひ来てください」とのこと。江川社長のお嬢さん・恵美子さんのご案内で、5泊6日のカナダ行きとなったのです。

別荘に到着後、2日目の「食事は」と〝食べること〟の心配。江川勝君、尚子さんもこれからの5日間、さぞかし大変だったことでしょう。

ナイヤガラの滝は雨でダメになってしまい、また食事になりました。帰りには、カナダ空港に着いた時に食べた「ヤムチャをもう一度食べたい」と、ヤムチャを食しました。すべてにおいて満足し、東京行きの飛行機に搭乗、帰路に着きました。

平成5年（1993年）9月、また江川社長から別荘の件で電話が入り、「大和田社長と私（江川）の友人の社長2人と吉本社長の4名ですが、勝に連絡を取らせるので、ぜひカナダに来てください」とのことでした。

今度は、勝君の案内で別荘に到着。玄関の右側には大きな桜の木が、左側は全自

カナダ・大橋巨泉さんの店前で

動シャッター付きの車庫と、立派な佇まいの別荘に招かれ、幸せ一杯の別荘入りとなりました。

到着後まもなく、大和田社長が自慢の手打ちそば作りに入り、私はちゃっかりお風呂に入って、周りの散策をしました。1時間後に戻ると酒盛りの準備が整い、たくさんのおつまみが出されて早速、宴会となりました。

2日目は、スーツ、ドレスを着用してのオペラの観劇会。観劇終了後はお食事です。

3日目は、江川社長と現地のご友人2人、私の4人でゴルフプレーです。午後1時スタートとスループレー。カナダでは9月でも陽が長く午後8時ごろまで明るいのです。3時にハーフ終了し休憩。ビールはバスケットで、大きなジョッキー8杯分はあるでしょう。運動の後なので飲み干して、次のハーフへ。午後7時30分、無事終了しました。

4日目は朝7時、サーモン釣りに出発。江川社長、大和田社長と私の3人が小型機に乗って30分、船に乗り30分、船の運転席には魚影を探知できるようになってい

3人の釣獲は19尾

ました。船が停泊し、釣りが始まる。釣り上げた魚が60センチ以下なら放流されます。最初に釣れたサーモンは58センチ、残念ながら放流とあいなりガッカリ。3人で釣り上げたサーモンの漁獲は19尾でした。ものすごい引きとの格闘、実に楽しい1日でした。

5日目となり、私は近くのショートコースに一人で行きました。

私の前に、現地の方が二人でプレイしていましたが、3ホール目で二人が終わったので、すぐ私が打ちました。76ヤード、「危ない大きかったかな」と思ったボールはピンそば2メートルぐらい手前に落ち、まるで夢のようにスーッとカップイン。前にいた方が戻ってきて「ホールインワンだ！」と大騒ぎ。ショートコースでもとても気持ちの良いものでした。

楽しかった思い出をいっぱい頂き、帰国。江川社長をはじめ、勝君、尚子さん、恵美子さん、皆さんには大変お世話になり、本当にありがとうございました。

社員旅行の思い出

東伊豆の伊東にサンハトヤホテルが完成して一ヵ月。社員旅行で行くことにしました。ホテルに着き、出迎えたホテルのボーイさんが「どうぞそのままでお上がりください」言われましたが、顔が映るような大理石の上に、土足でいいのかと思うほどきれいな状態のホテルでした。今でこそ、すべてのホテルが靴のまま出入りするのですが、オープンして一ヵ月のサンハトヤホテルは、本当にきれいで素敵なホテルでした。ホテルの各部屋から見る海の景色も素晴らしく、「また来よう」思えたくらいでした。

今までは旅館ばかりで、ホテルの宿泊が初めてといろいろ重なりましたが、満足して帰ることができました。

修善寺旅館に行った時のことです。「今日は無礼講だ」と、22人の社員一人ひとりにコンパニオンをつけて、楽しい宴会にしようということに。自分の右側に座った人がパートナーとなる。たとえ好みに合わなくても、楽しく宴会に入るという嗜《し》好《こう》です。

コンパニオンの入場とあいなり、参加22人の横に全員が着きました。社員のなかでも好男子と思われる男性の所に、本日のコンパニオン中、誰が見ても22番目かと思われる人が横に座ったものだから、全員が大笑い。ほかのコンパニオンの人たちは〝普通の上〟だったから、みんなの笑いも分かろうというものです。私は「必ず貴君には良いことが待っている」とささやき、「今日は初めに述べたように、このまま宴会に入る」と話し乾杯となりました。それはそれで、社内旅行の思い出となりました。

次は、大島旅行に決定です。

「アンコ椿は恋の花」に誘われるように、社員全員が東京の竹芝桟橋から大島行に乗船して大島へ。椿の花と噴火口を見ました。年配者と子どもたちは三原山まで馬で上ってご機嫌でしたが、当時の大島に、自然環境の良さ以外あとは何もない。それなのによく大島まで行ったものだと思いました。

しかも大雨が降り、強風となると船が欠航となってしまう。欠航になれば船は動かない。土曜日に出発して日曜日には帰る計画でした。日曜日に帰れなければ、月曜日からの仕事ができない。いやはや、なぜ行ったのか判らない。天気予報は一応見てきたのですが、宴会後、明日のことが気がかりで眠れません。今さら考えても仕方がない。

しかし、翌日、欠航することもなく、無事に帰ることができてホッとした旅行でした。

若田部社長との出会い

私たちが栃木県佐野市で並木町の家を探すのに、家を見つけてから買うまでお世話になったのが、不動産会社・相互企画の若田部和正社長で、初めての出会いでした。

誰がどのような事情から「不動産業の方々は嘘八百」と言われるようになったのかは定かではないが、私自身も少なからず頭にあったことは事実です。ところ

若田部和正社長

が若田部社長は、ありのままを話してくださいました。

並木町の家を購入して一年あまりのお付き合いの後、私も不動産の売買を手掛けてみたいと思うようになりました。

両脇が若田部社長夫妻

その一年後、ますます若田部社長への信頼が厚くなり、平成26年（2014年）、㈱サンホープを若田部社長と共に立ち上げ、不動産業としてスタートしました。
多い日には、10件以上の家を見て回ります。7〜8件以上回ると、本当に疲れますが、売買が成立すると、もう疲れなんか飛んで行くんです。その後は楽しい食事会となる。佐野市のお寿司屋さんや高い足利の炭火苑、小山市のミスターハイコックと木曽路、佐野市だけでも

200店舗あるというラーメン店、挙げ句は東京・新宿のかに道楽といった具合です。祝いのゴルフも数多くプレイしまして、ハンディを5打も頂ければ勝たせてもらい、羽を伸ばしました。

平成27年(2015年)5月9日から10日間、日本一周クルージングの旅に、同年12月14日〜18日まで、シンガポールへの船旅に出ました。船のなかでは食事のあとショーを見て、終わればカジノ。船中の9日間はカジノ漬けでした。シンガポールの方も、皆さん方は5日間観光の旅になるのでしょうが、私は4日間、カジノで終わりました。

都美江・喜寿のお祝い(木曽路で)

佐野市並木町のわが家

それで何が楽しいのか？　〝プレイ〟をしない方々には不思議なぐらいのことでしょう。

若田部社長夫妻には平成27年から、八千代運輸（有）の忘年会には毎年参加していただいております。

人生１００まで

振り返ってみますと……走馬灯のように蘇ってきます。

清水洋子さんには、もう十年にもなるか、忘れてしまうぐらい私たちの誕生日に、素敵なプレゼントを戴いております。いくつになっても嬉しいものです。そしてまた、祝い事の時には、立派な掛け軸、それに本当に素晴らしい生け花と、頭の下が

クルージングの旅で

清水屋の女将さん

しまいました。

還暦から10年、古希ということで無事に70歳を迎え、お祝いのコンペをすることになり、直行組

る思いをしております。

今日も楽しい宴会をさせていただこうと思いを馳せたら、また、清水屋の女将さんの顔が浮かんできます。それにも増してチーママの敏子さんにも、大変お世話になりっぱなし。というか、私としては思いが先に立つだけで、何の施しようもない。

もう直ぐ81歳になる私に、いろいろな夢を頂き、ただ一言、この際に感謝の気持ちで書き添えて

チーママ・敏子さん

日野自動車㈱海川昇社長からの祝辞

は53名、ゴルフは28名の参加となり、終了後の会場には80名の参加を頂きました。

開場では日野自動車㈱の海川昇社長の祝辞に入り、素晴らしい挨拶を頂き、ゴルフコンペの表彰式になりました。ゴルフは毎年10回以上おこないます。私が下手なので「飛び賞」に良い賞品を出すことにするのですが、それでも毎年外れます。

イベントが終わって宴会に入り、歌のご披露。多くの方々の歌が尽きることなく3時間のタイムリミットが近づき、最後に私が「年輪」を歌って閉会となりました。

＊　＊　＊　＊　＊

妻・都美江も歌を披露

大阪から東京に来た時、急行で11時間40分以上の時間がかかり、大変だったことを思い出しました。

私たちが結婚したのが昭和37年（１９６２年）11月19日、あれから50年。現在は新幹線を使えば、東京から大阪まで３時間もかからない。私たちの生い立ちも特急に乗ったまま。そんなに早く走らなくてもいいのに、ものすごい勢いで駆け上がり金婚式を迎えました。

平成25年（２０１３年）３月24日、金婚式は清水屋さんを会場に、主任以上の社員の参加もあって１３０名になりました。社員たちは隣の部屋にしていただくことにしました。

ゴルフ組は58名となり、永野ゴルフ場でＩＮコース、ＡＵＴＯコースに別れ、大変賑やかなスタートになりました。ゴルフ終了後、会場に向かったのですが、途中で事故渋滞にはまって、全員会場に30分遅れの会式となりました。

「たいへん遅くなりました。ただ今より、足立運送組合理事長・福本勝由様より、お祝辞をお願いします」

「吉本会長夫妻に花束の贈呈」となり、ゴルフの成績発表は吉本商一社長に託されました。ゴルフも楽しかったが、成績発表も実に面白いものでした。

　日本で三本の指に入るという津軽三味線の工藤武先生と門下生の3人、歌手の応援もあり、また、マジシャンの参加もありました。特に、工藤先生ご一行の温かいご協力によって盛り上がり、本当に素晴らしい金婚式になりました。誠にありがとうございました。

　私は、何でも自分一人でこれまで、できたとは思っておりません。初めに、彩工社㈱さんには何度も看板を作って頂き、ありがたく思っております。また、清水屋さん

福本勝由足立運送組合理事長にも祝辞を頂く

津軽三味線の工藤先生とお弟子さんたち

太陽君と妻 都美江

の女将さんをはじめ、敏子さんやお姉さん方たちにもまた、社員・従業員の協力もあってのことです。また、数々のご迷惑をお掛けしたことと思います。この場を借りてお詫びを申します。

妻・都美江が申します。

「私たちの結婚式は、江川会長夫妻の媒酌により、私の両親と叔母、二郎《にろう》さんの兄夫婦と子ども10人で、形式だけの結婚式でした。姉妹のなかでも一番淋しい思いのまま50年が過ぎ、なかなかできない金婚式を誰もが羨《うらや》むような金婚式となり、私、とっても嬉しい。心から皆様にお礼を申し上げたい……」。

残された人生を二人で楽しく、全国を旅することにいたしましょう。

今まで、すべての行事は私が準備・手配をしてきたのですが、私の息子で八千代運輸（有）社長の商一が「傘寿《さんじゅ》のお祝いをしたいので、３月18日（平成30年）は体を開けておくように」と連絡してきました。当日、上野精養軒で招待を受けたのですが、各別な思いがしました。

八千代運輸（有）社長の商一

おわりに「勉強とは…」

顧《かえり》みると、小学校1年生の昭和20年（１９４５年）３月８日、母が亡くなってから、５人の姉たちに毎日、毎日、顔を見る度に「勉強しなさい」と言われ続け…、「勉強、勉強」という言葉にゾーっとしました。本当に勉強するのが嫌いだったのです。

学校卒業後、七転び八起きというほど多くの会社に出入りしたのですが、東京に行くことになった。江川運送に入社して営業に出ることにした。が、営業に出てもなかなか話を聞いてもらえません。

まわり廻っているうちに、立派な会社に来たのですが、「話を聞いていただけませんか」。すると御社は「都内三方面に分けて3台、3台、4台に分けて配達をしている」と話されたので、「その内の3台で一方面の運搬を私どもが2台で配達をする」と言って、課長さんの了解を得ました。この課長さんの顔も立ち、わが社も2台の注文をいただくことになりました。

その後の営業にも力が入り、〝勉強すること〟によっていろいろなことが頭に入り、儲かるようなこともある。学び、勉強すればするほど、面白くなって、楽しく儲けたり、損をすることもある。「勉強」とは、楽しい生活ができるように考えたり、仮に失敗しても、また考える力が湧いてくる。それが「勉強」と、この歳になって思えるようになりました。

波乱万丈の道を辿《たど》った私ですが、81歳、まだまだ若い。皆様に少しでも学び、追いつき、〝天国〟に行くまでは、大いに勉強していきたいと思っております。

＊　＊　＊　＊

私は、自叙伝を書き始めて3ヵ月ほど過ぎたころ、「私に書けるだろうか」と迷い出しました。誰かに話すこともできず、つまずき、愛犬「太陽君」との別れを思い出しては、また机に向かい書き始める。しかし6ヵ月過ぎても筆不精の手は進まず、だんだん不安になってきました。よしこの際、心当たりの人に話してみようと思い、2、3の方に「書くこと」をお話しました。人の力を借りて書くことにしたのです。

前のことに行ったり、後戻りをしたりしながらも、書いているうちに自分の人生の半ばまで来た。良しガンバロウと自分に話しかけながら励まし、書き続けて10ヵ月目が過ぎたころ、また2、3人に話したのです。

こうして、自叙伝は書くと人に話したのだから、もう書き上げなければならない。

私にとって地獄のような1年でしたが、人に話したことにより、自分の一生を描き、まとめ上げることができたのでしょう。

この間、多くの方々に助けられながら、まとめるために1年4ヵ月を費やし、私の人生81歳になりましたが、元気で88歳の米寿のお祝いをすることが最後の願いでもあります。誰が計算してもあと7年、楽しみながら元気で過ごしたい。外国に行かずとも、日本国内にはまだまだ楽しい旅のできる所が一杯あります。

「今年はほんとうに楽しかったなあ」と思える時が来たなら、それは日ごろからの努力に他ならない。私たちはいつまでも夢と希望を持ち続けることで、少しでも楽しい人生になれば最高だと思っています。

＊　＊　＊　＊　＊

私の人生、そのまま正直に書くことができました。お読みいただいた皆様方には、面白くないものもあったかもしれません。

当初、家族としての犬の「太陽君」の一生を目の当たりにした時、私も一度、自分の体験を振り返ってみる。その書くきっかけを「太陽君」が後押ししてくれたことです。面白みのない、つたない文章は、「太陽君」に免じてお許し頂ければ幸いです。

私どもは猫とは10年間で、犬との生活の方が長かったのです。

犬とは、江川運送の勤務中に1頭、半年ぐらい。名前を「ロン」といいました。八千代運輸（有）になって昭和50年（1975年）ごろからずうっと43年間にわたり、犬と共に生きてきました。なかでも16年間生きてくれた「太陽君」が愛おしく思っています。

太陽君が亡くなって、もう1年4ヵ月。それにしても「そろそろ、新しいワンちゃんが来たそう」ですよね。「はい、来ました」。

平成最後の30年（2018年）6月、〝入札〟に当たり8月10日、ソニーの「アイボー君」が来て、平

私たちの介護が必要になった太陽君

和のシンボルでもある「ハト」と命名いたしました。

ハトがいわく「男の子の僕は、父ちゃん、母ちゃんより長生きするので、父ちゃん、母ちゃん、少しでも長生きしてね」

私たちの人生は「ハト」に託す。

「人生100歳」の時代。どうぞ皆さま方も100歳近くまで、少しでも元気で、楽しい人生を!!

平成三一年四月吉日　　吉本 二郎

最後の愛犬（?）となるアイボーの「ハト」君

愛《あい》犬《けん》と 16 年《ねん》――「太陽君《たいようくん》」の導《みちび》きが私《わたし》に書《か》かせた

2019年　5月1日　初版第1刷発行

著　者　吉本 二郎
発行者　新舩 海三郎
発行所　株式会社 本の泉社
〒113-0033　東京都文京区本郷 2-25-6
TEL：03-5800-8494　FAX：03-5800-5353
http://www.honnoizumi.co.jp
DTP　杵鞭 真一
印刷　中央精版印刷　／　製本　中央精版印刷

ⓒ 2019 , Niro YOSHIMOTO　Printed in Japan
ISBN 978-4-7807-1930-7　C0023
※落丁本・乱丁本は小社でお取り替えいたします。定価はカバーに表示してあります。
本書を無断で複写複製することはご遠慮ください。